365일 음식일기

김연미 지음

매일매일 특별한, 싱그러운 제철 식탁 이야기

이봄

나의 오늘이 있기까지
말로 다 할 수 없는 도움을 준 남편,
태영 씨에게 감사의 마음을 보냅니다.

저의 일기장을 펼쳐 볼 당신께

어린 시절 엄마의 주방에서 보고 배운 음식에 대한 호기심과 애정은 지금의 저를 만들었습니다. 이 일기장에 쓴 대부분의 이야기와 레시피는 어릴 적 한번쯤은 엄마의 주방에서 보았거나 배운 것들을 쉽게 적은 것입니다.

저는 푸드 포토그래퍼로서 식품·외식 분야의 사진을 디렉팅하고 촬영하는 일을 하고 있습니다. 아침마다 장을 봐서, 음식을 만들고, 철마다 과일 청을 담가 사진으로 기록하는 일을 즐기던 저에게 푸드 포토그래퍼라는 직업은 운명처럼 다가왔습니다. 푸드 포토그래퍼의 일은 음식의 고유한 성질을 잘 전달할 수 있도록 빛을 섬세하게 이용하여 사진으로 표현하는 것입니다. 빛에 대한 이해도가 깊을수록 다양하고 더 좋은 결과물을 만들어낼 수 있기에 아직도 끊임없이 노력하는 중입니다. 이런 과정 속에서 이 책을 출간하게 되었고, 결과적으로 이 책 속에 담긴 모든 사진들은 제 성장 일기인 셈입니다.

봄·여름·가을·겨울의 제철 식재료와 소박한 신혼일기, 그 순간들은 담은 사진들. 이 작업의 결과물이 세상 밖으로 나오니 부끄럽기도 하고, 설레기도 합니다. 저의 일 년을 당신께 보냅니다.

2017년 4월 김연미 드림

1月 1日

새해 아침 눈이 오길 기대했지만 오지 않았다. 대신 떡국을 끓여 단출한 두 식구 아침상에 마주 앉아 덕담을 주고받았다. 복을 기원하는 마음으로 만두를 빚어 떡만둣국을 할까 했으나, 게으른 탓에 때를 놓쳤다. 만두는 못 빚었어도 올 한 해 맛있는 음식 많이 해줄 테니 건강하기를 소망했다.

1
月
2
日

올 한 해 주변 사람들과 나눌 수 있는 더욱 행복한 밥상을 차려보자, 하고 스스로를 다독인다. 나의 주변을 더욱 사랑할 준비를 해야겠다.

1月 3日

부산 사람들에게 부산어묵은 단순히 어묵만은 아닌 듯하다. 부산에 사는 친구가 아주 맛있는 어묵이라고 큰소리치며 참 다양하게도 보내주었다. 부산 사람들의 자부심까지 넣어 만들었으니 맛이 없을 수가 없다. 오늘은 멸치, 다시마, 표고, 대파를 넣은 육수에 무와 청양고추, 삶은 달걀을 더해 어묵탕을 만들었다.

1月 4日

지난 늦가을부터 매주 한번 놀러가는 작업실이 생겼다. 차를 마시고, 글도 쓰고, 사진 작업도 하며 반가운 사람들을 만나는 곳.

1月 5日

우유, 버터를 넣고 부드럽게 만든 통식빵을 잘라 양면을 노릇하게 굽는다. 시금치 마늘볶음과 두툼한 베이컨, 수란, 홀랜다이즈 소스까지 곁들이면 푸짐한 브런치가 완성된다. 입맛에 따라 야채빵이나 브리오슈 팬케이크를 활용해도 좋으며, 다양한 제철 채소를 사용하는 등 무한 변신이 가능하다. 초코 시나몬 빵(12월 8일 참조)과 반죽 재료를 동일하게 하면 고소한 통식빵을 만들 수 있다.

1月 6日

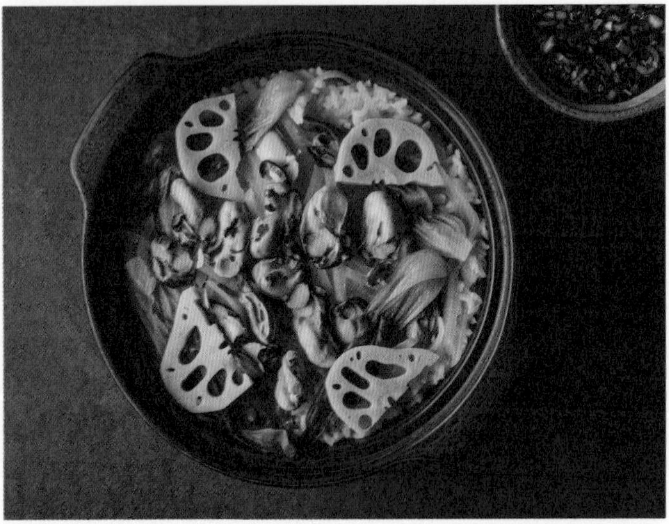

탱글탱글 살이 오른 뽀얀 햇굴이 유혹하는 시기다. 이맘때 굴을 안 먹고 지나가면 섭섭하다. 그래서 오늘은 뚝배기에 무를 깔고 쌀을 올려 밥을 했다. 보글보글 끓어오르면 굴과 청경채를 살포시 올린 후 3분쯤 기다린다. 불을 끄고 조금 뜸을 들인다. 굴 향이 가득 밴 뚝배기 밥에 겨울철 무뎌진 입맛이 되돌아왔다.

1月 7日

요리를 즐기는 사람으로 시작해, 음식사진을 찍는 일까지 하게 되었다. 그때나 지금이나 즐겨 사용하는 그릇은 단연 흰색 그릇이다. 흰 그릇은 가장 기본이고, 단아하며, 어떤 음식을 담아도 음식을 돋보이게 한다. 그래서 사진작업을 할 때 항상 가지고 다닌다. 그런데 요즘 다양한 그릇들에 욕심이 나기 시작했다. 요리를 좋아하는 사람이라면 내 마음을 이해하리라… 그릇마다 쓰임새가 다르고, 계절마다 식탁의 분위기도 달라져야 한다. 이 그릇들을 장바구니에 넣는 꿈을 오늘은 꾸지 않기로 했다. 구경만 하다가 발걸음을 집으로 돌렸다.

1月 8日

벌교의 자랑인 꼬막이 제철인가보다. 시장에 나가보면 꼬막이 풍년이다. 어릴 적 밥반찬으로 엄마가 자주 해주셨던 양념꼬막이 생각났다. 산처럼 쌓아올린 짭조롬한 꼬막은 언제나 밥상의 주인공 역할이었다. 나도 오늘 엄마의 양념꼬막을 저녁밥상에 올려야겠다.

1月 9日

자신의 색과 딱 들어맞는 책 한권을 발견하는 건 쉽지 않은 일이다. 이 책은 이미지에 관한 내 생각을 다지는 데 나침반 같은 역할을 해주었다. 지금까지도 그저 보기만 해도 좋은 이미지들이 많이 있다. 어떻게 보면 책읽기는 혼자 하는 외로운 일 같지만, 결국엔 모든 것이 연결되어 있다는 느낌이 든다. 사진작업을 할 때와 비슷하다.

1月 10日

밀린 집안일을 모두 끝낸 늦은 오후 차분히 차 한잔.
집안곳곳 어디하나 내 손길이 안 닿은 곳이 없다. 나를 닮은 무채색의 공간이 너무나 따스하다.

1月 11日

오늘 작업실로 반가운 친구가 온다는 소식에 뜨끈한 국수 한 그릇 대접하고 싶어 아침부터 분주했다. 멸치 육수를 진하게 우리고 형형색색의 고운 고명을 푸짐하게 담았다. 혹시라도 오시는 분들이 더 있을까봐 국수도 넉넉히 삶아 놓았다. 단아한 색동저고리를 입은 국수 한 그릇. 함께한 사람들 덕분에 좋은 기운을 듬뿍 받았다.

1月 12日

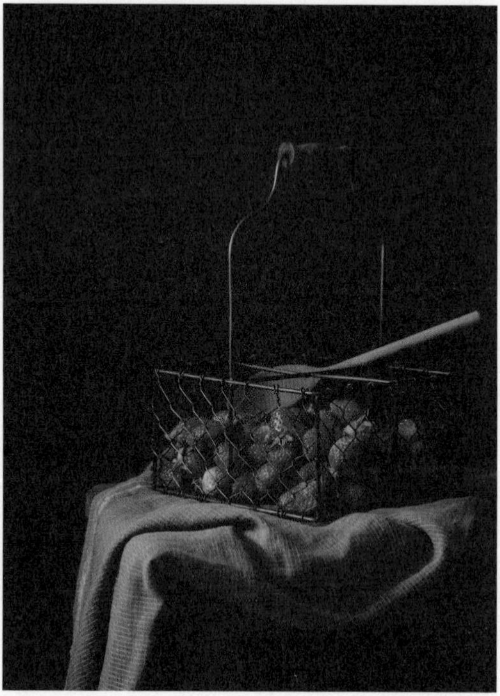

올해 첫 딸기를 맛보았다. 딸기가 나오는 철이면 나는 바빠진다. 딸기 잼도 넉넉히 만들어야 하고, 지금이 아니면 안 될 딸기 케이크도 한 번은 만들어 먹어야 덜 억울하다. 상큼한 딸기와 달콤한 생크림이 어우러지는 맛은 생각만 해도 행복하다. 오늘 딸기 잼부터 시작해볼까.

1月 13日

일주일에 한번 나오는 이 작업실을 궁금해하는 분들이 많다. 작업실은 서래 마을에 있는 '장선생'이라는 곳이다. 대표님과의 깊은 인연은 말로 하자면 길다… 누구든 지나가는 길에 들르면 따끈한 차 한 잔 앞에 두고 반갑게 인사 나누고 싶다.

1月 14日

어릴 적에는 매생이가 그렇게 무서운 음식이었다. 서른 전에는 매생이인지 파래인지 헛갈릴 정도로 관심이 없었는데, 요즘엔 겨울이 시작된다 싶으면 매생이 굴국밥이 제일 먼저 생각난다. 오늘은 매생이 굴국밥을 하고 남은 매생이로 달걀말이를 했다. 부드러운 매생이와 고소한 달걀이 꽤나 잘 어울린다. 매생이는 감칠맛이 풍부하니 다음번엔 생크림과 치즈를 넣어 그라탕을 만들어봐야겠다.

1月 15日

"일본 영화의 한 장면 같아." 이 사진을 본 친구가 한 말이다. 도시락을 싸서 피크닉을 가고 싶은 날이었다. 나이를 먹어도 소꿉놀이는 재미있는 법이다. 어서 봄이 피어나기를…

1월 16일

제주도 노지 레몬이 도착했다. 매년 이맘때쯤이면 제주 레몬을 주문해 레몬 청을 담근다. 수입산 레몬에 비하면 울퉁불퉁하고 크기도 제각각이지만, 찰진 과육과 진한 향은 비교하기 미안할 정도다. 친환경 약재와 퇴비를 사용해서 재배했다고 하니, 껍질까지 버릴 게 하나도 없다. 수확하자마자 보내온 레몬이라 우선 후숙을 해둔다. 부지런히 레몬 청을 만들어 겨울날 꽁꽁 언 몸을 따뜻하게 녹여야겠다.

레몬 청

레몬 1kg, 설탕 1kg

---

1. 깨끗이 씻은 레몬을 2-3mm 두께로 썬다. 씨는 쓴맛이 나므로 반드시 빼준다.
2. 설탕과 레몬을 1:1 비율로 섞어 병에 담는다. 레몬과 설탕을 번갈아가며 넣으면 설탕이 더욱 빨리 녹는다.
3. 실온에 이틀 정도 두면서 설탕이 녹도록 젓가락으로 한번씩 젓는다. 이틀 뒤에 냉장고에 넣어 일주일간 숙성한다.

1月 17日

우리 동네는 재래시장이 네 군데나 있고, 상인들이 제법 허리를 펴고 장사하는 동네다. 활기가 넘치는 시장이고 젊은 상인들도 많다. 딸기를 사고 토마토를 얻어오는 정겨운 시장의 맛을 알아가는 요즘, 옛날 과자를 파는 점포를 발견했다.
어린 시절 엄마가 사주던 오란다의 맛은 잊을 수가 없다. 어찌나 옹골차게 먹었던지 한 봉지를 뜯으면 입천장이 까질 때까지 다 먹었다. 요즘 오란다가 먹고 싶어도 파는 곳을 찾을 수 없었는데, 오늘 한 봉지 가득 품 안에 안고 집으로 돌아왔다.

1月 18日

오늘은 언니가 직접 만든 오미자 청을 여러 병 보냈다. 벌써 몇번째 받는 것인데도 그 맛이 매번 오묘하다. 다섯 가지 맛을 모두 지닌 오미자는 약재로도 널리 사용되었을 만큼 영양 면에서 탁월하다. 나는 요리할 때 오미자 청을 자주 사용하는데, 오미자 청은 음식에 윤기가 돌게 하고 자연스러운 단맛이 나게 한다. 음식에 색을 내기에도 좋다. 햇볕이 내려앉은 창가에 앉아 레몬 몇 조각을 띄운 오미자차를 마시며 오늘 하루 피로를 날려보냈다.

1월 19일

어릴 적 온가족이 모여 앉아 밤참으로 고구마에 김치를 얹어먹던 기억이 난다. 지금은 고구마 요리가 다양해졌지만, 여전히 깔끔하게 찐 고구마나 맛탕, 고구마 수프가 제일 좋다. 겨울철 고구마 한 박스를 사서 두 식구 질리도록 먹고 나면 항상 마지막엔 수프를 하게 된다. 추운 날씨에 딱이다.

고구마 수프(3인분)

삶은 고구마 350g, 양파 작은 것 1/2개, 아몬드 10개, 우유 400ml, 채수 또는 물 100ml, 소금 3g, 생크림 15ml, 파메르산 치즈 가루 약간, 버터 15g

---

1. 팬에 버터를 녹이고 양파를 볶는다.
2. 양파가 투명해지기 시작하면 삶은 고구마, 아몬드를 넣고 우유와 채수를 넣어 핸드 블렌더로 간다. 삶은 밤을 같이 갈아도 좋다. 농도 조절은 우유로 한다.
3. 생크림을 넣고 눌러 붙지 않도록 약불에 저으면서 끓인다.
4. 소금으로 간하고 파메르산 치즈를 뿌린다.

1
月
2
0
日

오늘은 들깨와 잔멸치를 넣은 구운 주먹밥을 만들었다. 통 들깨를 팬에 볶고 잔멸치도 간해서 볶는다. 갓 지은 밥에 소금, 참깨, 참기름으로 간하고 잔멸치볶음과 들깨를 넣어 주먹밥을 만든다. 뜨겁게 달군 팬에 돌려가며 노릇하게 굽는다. 달걀 아보카도 오븐 구이와 쑥갓 두부 무침도 곁들였다. 보기만 해도 흐뭇하다. 하지만 화룡점정은 제피 장아찌였다고 확신한다.

1月 21日

채식을 하면 어딜 가든 먹을 음식을 항상 준비하는 습관이 생긴다. 몇 해 전까지 나도 가방에 비상용 주전부리를 곳곳에 숨겨놓고 다녔다. 지금은 해산물도 먹고, 가끔 고기도 먹지만 여전히 내 입맛엔 채소 요리가 제일 잘 맞는다. 오늘은 그릇 정리를 하다가 예전에 사용했던 도시락을 발견했다. 작업실 가는 날 예쁜 도시락을 싸가야겠다.

1月 22日

자색 고구마 박스가 바닥을 보이기 시작했다. 우리 집에서 마지막 남은 고구마는 항상 수프행이다. 하지만 마지막이라고 하기에는 아쉬울 정도로 아름다운 색을 내주었다. 어떤 분이 보시더니 '안나 수이 수프'라고 이름 붙여 주셨다. 기발한 이름이다. 보기도 좋고 몸에도 좋은 컬러 푸드는 사진작가에게는 포토제닉한 식재료다.

1月 23日

자투리 채소를 모아 이탈리아식 오믈렛인 프리타타를 만들었다. 부드럽고 고소한 맛이 일품이다. 채소는 취향에 맞게 변경하고 추가할 수 있다. 시금치를 넣거나 고구마를 넣은 프리타타도 맛있다. 삶은 콩을 넣은 프리타타도 추천한다. 따뜻할 때 먹어야 제맛이다.

1
月
2
4
日

티타임이 주는 나른함에 중독될 것 같다. 창가로 따스한 햇볕이 내리쬐는 오후면 어느새 차를 준비하고 있다. 홍차를 즐기는 사람에게 여름은 냉침의 계절인데, 나는 특히 하루 동안 냉장고에서 시원하게 우린 우유냉침을 좋아한다. 어서 여름이 오길…

1月 25日

햇살은 따스한데 바람은 아직 차다. 작업실 그릇을 다 꺼내서 닦고 햇볕에 말렸다. 물건은 물건일 뿐이라지만, 내가 쓰는 동안에는 제일로 아껴주고 싶다.

1월 26일

새해에 못 빚은 만두를 오늘 빚었다. 시할머니께서 만들어주신 귀한 묵은지를 넣고 고기는 빼고 재료를 준비했다.

만두소

묵은지, 표고버섯, 무말랭이, 숙주, 배추, 두부, 참기름, 간장, 다진 마늘, 소금, 후추 적당량

1. 두부는 곱게 으깬다. 묵은지는 쫑쫑 다지고 표고버섯, 배추를 다져 참기름, 간장을 조금 넣고 각각 볶아서 식힌다.
2. 무말랭이를 물에 불려 물기를 꼭 짜고 곱게 다진다. 숙주는 끓는 물에 데쳐 다진다.
3. 모든 재료를 한곳에 넣고 참기름, 다진 마늘, 소금, 후추를 뿌려 골고루 치댄다.

만두 빚기는 손이 정말 많이 가지만, 배우는 기쁨을 가족과 함께 느낄 수 있는 즐거운 요리다.

1월 27일

대형마트에 장을 보러 갔는데 보라색 배추가 눈에 띄었다. 적양배추처럼 뻣뻣하지 않을까 호기심 반 걱정 반으로 사왔다. 집에 돌아와 보니 속살이 아삭하고 색도 고와서 물김치나 백김치, 샐러드에 잘 어울릴 것 같았다.
캐슈 마요네즈와 연겨자, 감식초, 설탕, 소금을 넣어 드레싱을 만들고 노릇하게 구운 두부와 아보카도를 곁들였다.

캐슈 마요네즈(2인분)

캐슈넛 60g, 올리브 오일 30ml, 레몬즙 15ml, 무첨가 두유 60ml, 소금 3g, 설탕 3g

---

1. 캐슈넛은 물에 불린다.
2. 모든 재료를 핸드 블렌더로 곱게 간다.

바로 먹으면 신선한 맛이고, 냉장고에서 반나절 숙성하고 먹으면 걸쭉하고 농후한 맛이 난다. 취향에 따라 머스타드, 후추, 구운 마늘, 양파, 말린 과일, 와사비, 카레 가루를 추가하면 다양한 맛의 마요네즈를 만들 수 있다.

1월 28일

대구 필레 오븐 구이(2인분)

대구 필레 800g, 양파 1개, 양송이버섯 2개, 미니 양배추 2개, 통마늘 6개, 레몬 1/2개, 딜 3줄기, 래디쉬 2개, 올리브 오일 45ml, 화이트 와인 15ml, 소금, 후추 약간

1. 대구 필레는 소금, 후추를 뿌려 밑간한다. 양파는 채 썬다.
2. 종이 포일에 양파를 깔고 대구 필레, 양송이버섯, 마늘, 미니 양배추, 래디쉬를 올린다. 올리브 오일을 충분히 두르고 소금과 후추를 살짝 뿌린다. 레몬과 딜을 얹고 화이트 와인을 뿌린다.
3. 종이 포일로 감싸 200도 오븐에서 25분 정도 익힌다.

종이 포일에 싸서 오븐에 익히면 채소에서 수분이 나와 식감이 부드럽고 촉촉해진다. 남은 대구살로 볶음밥을 할 때에는 파 기름을 먼저 내고 대구살을 부셔 넣어 튀기듯 구워 밥과 함께 볶는다. 크로켓으로 만들어도 별미다.

1
月
29
日

살을 에는 칼바람이 멈추지 않는다. 어느덧 1월이 슬그머니 다 지나갔다.

1月 30日

지방 출장이 있어 대구로 내려갔다. 가는 길에 친언니에게 들러 보름 전에 담가둔 제주 레몬 청을 안겨주고 싶었다. 제주 자연의 맛이 몸과 마음까지 즐겁게 만들어주길 기대한다. 대구로 내려가는 내내 차 안에 레몬 향이 스며들어 코가 즐거웠다.

1月 31日

사람은 감동으로 산다는 말이 맞나보다. 오늘 대구 서문시장에서 강정 파는 아주머니의 손재주에 가슴이 벅차올랐다. 검은깨, 참깨, 들깨, 땅콩 등 직접 농사지은 재료로 소량만 만드신다고 한다. 은빛 다라이에 하루종일 다듬고, 볶고, 두드렸을 고운 강정들이 가득했다. 정직하게 만들기는 잘하시지만 파는 데는 재주가 없는 분 같았다. 작은 목소리로 "강정 사세요." 하고 혼잣말을 하고 계셨다. 하지만 이 강정을 보고 사지 않을 사람은 없을 정도로 빼어난 솜씨였다. 이런 분이 재래시장에 아직 남아 계신다는 것에 너무나 감사했다.

2月 1日

2월의 첫날을 깨우는 첫 커피. 마음을 담아 천천히 내렸다.
여유가 넘치는 날이다.

2
月
2
日

올 한 해 매달 스스로에게 선물을 주기로 했다. 2월의 선물은 무게감이 느껴지는 촛대. 소박한 상차림에 초 하나만 더해져도 좋은 레스토랑이 부럽지 않다. 아무리 춥고 어두운 공간이어도 빛을 밝히면 분위기가 따스해진다. 무쇠를 녹여 손으로 두드려서 만든 주물 촛대다. 내 아이가 어른이 되면 물려주고 싶은 세간살이를 드디어 만났다.

2
月
3
日

피클은 신선한 채소를 오랫동안 즐길 수 있는 사이드 요리로, 기름진 음식을 먹을 때 입안을 산뜻하게 정리해준다. 식감이 비슷한 재료를 함께 담가야 무르는 속도가 비슷해서 끝까지 아삭함을 즐길 수 있다.

2월 4일

연근 레몬 절임은 튀김 요리에 곁들이거나 일본식 카레에도 잘 어울린다. 아삭거리는 식감과 입안 가득 퍼지는 상큼한 레몬 향이 정말 좋다.

연근 레몬 절임(연근 2개 분량)

연근 500g, 레몬 1개, 물 400ml, 설탕 150g, 식초 200ml, 소금 3g

1. 연근은 먹기 좋은 크기로 자른다. 레몬은 슬라이스 한다. 물, 설탕, 식초, 소금을 끓여 단촛물을 만든다. 설탕과 소금은 취향에 따라 조절해도 된다.
2. 냄비에 물을 담아 식초를 한 숟가락 넣고 연근을 살짝 데친 후 찬물에 헹군다.
3. 소독한 유리병에 연근과 레몬을 켜켜이 쌓고 단촛물을 붓는다. 완전히 식으면 뚜껑을 닫아 냉장 보관한다.

2月 5日

밤에 먹는 음식은 유난히 맛있는 것 같다. 나는 일본 드라마 〈고독한 미식가〉의 열혈 팬이다. 주인공이 배고픔을 느낄 때 본능적으로 맛집을 찾는 모습은 참으로 자극적이다. 정말 단순한 내용인데 많은 사랑을 받는 것을 보면 밥 먹는 일은 동서고금을 막론하고 어디에서든 중요한 일인 모양이다. 그런 의미에서 오늘 밤의 야식은 대충 끓인 라면이 아니다. 라면 봉지 뒷면의 레시피를 정확하게 지키고 가늘게 채 썬 파와 달걀을 고명으로 얹은 즐거운 한 끼다. 역시 야식은 거드는 친구가 있어야 더욱 즐겁다.

2月 6日

멸치 다시마 육수에 된장 몇 숟가락을 넣고 얼갈이배추를 숭덩숭덩 썰어 넣는다. 배추에 육수가 스며들어 국물 맛이 진해지면 만두 몇 개를 넣는다. 이 요리는 시간 없을 때 간단하게 먹기 좋다. 작업이 많이 밀렸거나 밥하기 싫은 날 자주 해먹는다. 만두 대신 소면을 넣어도 맛있고, 청양고추를 쫑쫑 썰어 얼큰하게 먹으면 해장으로도 그만이다.

2
月
7
日

나는 강한 사람이 아니어서, 내가 원하는 작은 것들을 하나씩 실천하는 일에도 엄청난 용기가 필요하다. 오늘은 푸른 하늘이 나에게 큰 위로가 되었다.

2月 8日

몇 해 전만 해도 마트에 가면 붉은 자몽만 있었는데, 요즘 자몽은 가짓수도 많고 요리도 다양하다. 자몽 청, 자몽 잼, 자몽 샐러드, 자몽 타르트… 자몽이 덴마크 다이어트 식재료로 알려지면서 이제는 요리에서 디저트까지 우리 식탁에 번듯하게 자리잡은 듯하다. 나는 밖에서 먹어본 맛있는 음식은 집에서 꼭 한번 만들어봐야 하는 열정 덕에 오늘은 자몽 청을 만들기로 했다.

2
月
9
日

솜방망이 같기도, 고양이 발 같기도 한 새하얀 찹쌀떡을 냉동고에 살짝 얼렸다가 뜨거운 차와 함께 먹는 게 참 좋다.

2月 10日

카레는 간단하고 쉬운 요리이기도 하지만, 어떻게 응용하느냐에 따라 다양한 맛을 낼 수 있는 요리이기도 하다. 나는 설탕을 조금 추가하고 마지막에 간장을 조금 넣은 카레와 달걀 프라이를 반숙으로 올려 먹는 카레를 가장 좋아한다. 하지만 무엇보다 모든 카레는 하루가 지나야 더 맛있다. 참 이상한 일이다. 늦은 저녁 뭉근하게 카레를 끓였다. 내일 아침 반찬 걱정은 없다.

2月 11日

긴 겨울밤을 보낸 카레. 맛이 더욱 부드럽고 짙어진 카레와 달걀 프라이, 갓 구운 연근칩까지 더해 풍요로운 아침 식사를 마쳤다. 카레를 먹은 날은 왠지 온순해지는 느낌이다.

2月 12日

'소울브레드'의 빵이 도착했다. 우리 호밀 100퍼센트와 호밀 사워종으로 반죽해 특유의 구수함과 톡쏘는 호밀 향이 일품이다. 내일 만들 마늘 콩피와도 잘 어울릴 것이다.

우면동 소울브레드의 빵은 나도 대구 사는 언니도 매달 먹을 정도로 우리 가족의 입맛을 사로잡았다. 앉은뱅이 밀, 무반죽 빵, 사워도우 등 개성 강한 빵이 많다. 우유, 버터, 달걀이 들어가지 않은 빵도 많아 채식하는 사람에게 추천하고 싶은 곳이다.

2월 13일

마늘은 냄새를 제외하고 100가지 이로움을 준다는 의미로 '일해백미'라 불린다. 익혀먹으면 매운맛은 줄어들고 단맛이 올라온다. 마늘 콩피를 만들어서 빵과 샐러드, 파스타에 곁들여 먹으면 냄새 걱정 없이 마늘을 즐길 수 있다.

마늘 콩피(2인분)

마늘 150g, 올리브 오일 180ml

1. 소스 팬에 마늘을 넣고 잠길 정도로 올리브 오일을 넣는다.
2. 호일로 덮어 120도로 예열한 오븐에 1시간 30분 정도 뭉근히 익힌다.
3. 말린 허브나 페퍼론치노 등을 추가해도 좋다.

2月 14日

지난해 늦가을에 담근 생강 청이 한파가 절정인 요즘 효자 노릇을 톡톡히 하고 있다. 김장철인데 김치는 뒷전이고 하루종일 생강 청을 달였었는데 정말 잘 한 일인 것 같다. 제철 생강은 껍질도 얇고 향도 진해 차로 만들거나 효소, 엑기스 등으로 만들어 일 년 내내 다양한 방법으로 활용하기 좋다.

2月 15日

서래마을 장대표님이 다같이 모여 파티를 하자고 연락을 주셨다. 각자 요리 하나씩 준비하는 포트럭 파티였다. 함께 접시와 샴페인을 고르면서 벌써부터 신이 났다. 모자라고 부족한 나에게 보기만 해도 기분 좋은 벗이 곁에 있어 세상 부러울 게 없다. 이런 건 만들고 싶다고 생기는 인연도 아니다. 사람도 음식도 달달한 밤이다.

2月 16日

꽃이 피기 전에 딴 유채나물이 향긋하다. 끝이 없을 것 같던 겨울이 지나가고 봄이 왔음을 노래하는 듯하다. 유채나물은 데쳐서 초고추장이나 된장에 무쳐먹는 게 일반적이지만, 2월 말에서 3월 초의 유채잎과 줄기는 연해서 물김치나 생으로 먹으면 맛이 좋고, 피자 위에 루꼴라 대신 유채나물을 토핑해서 먹어도 고소하고 맛있다. 오늘은 오렌지와 연근, 자색 고구마, 오미자 청을 넣은 드레싱과 함께 상큼하게 아침을 시작했다. 단물이 한껏 오른 유채나물을 접시에 담고 있으니 지나가는 겨울이 아쉽기도 하다.

2月 17日

겨울만 되면 살얼음이 살짝 낀 식혜가 생각난다. 굵은 가래떡과 탱탱한 어묵, 아삭한 양배추, 엄마표 고추장을 듬뿍 넣어 만든 매콤달콤한 떡볶이와 같이 먹으면 겨울밤 야식으로 그만이다.

2月 18日

태영 씨가 입맛 없다고 하는 날에는 고기반찬을 한다. 뽀얀 쌀밥에 버터와 달걀 프라이 하나 올리고 간장 몇 방울 넣어 비벼먹었던 추억은 나에게만 있는 게 아닐 테다. 그래서 오늘은 돼지고기 덮밥을 해보았다. 간 돼지 앞다리에 간장, 설탕, 다진 마늘, 간 양파, 참기름, 후추를 넣고 볶는다. 시금치 나물과 달걀 프라이를 올린다. 시금치 대신 제철 햇나물을 올리면 더욱 근사한 덮밥을 즐길 수 있다.

2月 19日

마지막으로 경양식집에 가본 기억은 중학생 때가 마지막이다. 요즘은 경양식집을 찾기가 힘들어져서 때로는 아쉽다. 어두운 조명의 실내, 촌스러운 크림 수프와 동그란 소프트 롤빵, 크지만 눅눅했던 돈까스까지 어린 내게는 이국적인 풍미가 가득한 곳이었다. 오늘은 어릴 적 경양식집에서 먹었던 황금빛 오므라이스를 만들었다.

2월 20일

소풍날 언니의 가방에는 항상 팥양갱이 들어 있었다. 마지막까지 아껴 뒀다가 집으로 돌아오는 길에 꺼내 먹던 팥양갱의 맛은 잊을 수가 없다고 한다. 언니는 가끔 팥양갱을 만들어 달라 부탁하곤 하는데, 생각해보니 음식은 언니와 나 사이의 추억을 공유하고 마음을 나누는 매개체였다. 언니와 함께 지내온 날들에 감사하는 마음으로 양갱을 만들었다. 올해 첫 양갱은 언니의 건강과 행복을 기원하며 '福'자가 새겨진 틀에 부어 굳혔다.

자색 고구마 밤 양갱(4인분)

팥앙금 250g, 한천 가루 5g, 설탕 10g, 물엿 15ml, 물 125ml, 소금 약간

---

1. 물과 한천 가루를 섞어 10분 정도 불린다. 중불에 끓이다가 설탕을 넣고 한소끔 끓으면 불에서 내린다.
2. 팥앙금과 소금을 넣고 덩어리가 없어질 때까지 잘 섞는다.
3. 약불에 2-3분 정도 주걱으로 저어가며 섞는다. 큰 기포가 올라오기 시작하면 물엿, 설탕을 넣고 1분 정도 더 끓인 후 불에서 내린다.
4. 몰드에 붓고 중간 중간 밤, 고구마, 견과류 등을 넣어 기포가 생기지 않도록 바닥에 살짝 내려친다.
5. 양갱이 완전히 굳으면 몰드에서 분리한다.

2月 21日

간만에 비가 내렸다. 비 오는 날을 좋아해서 이런 날엔 일이 손에 안 잡힌다. 따뜻하게 데운 우유와 여린 녹차로 만든 가루차, 제주 야생 꽃꿀을 넣어 녹차 라테를 만들었다. 집 앞 시장에서 파는 생강 맛 과자도 함께 했다.

2月 22日

된장국에 쫄깃한 바지락과 시금치를 넣으면 시원한 맛이 일품이다. 연근과 당근, 감자도 예쁘게 다듬어 솜씨를 부려 보았다. 시금치를 된장국에 넣을 때는 국물이 탁해지거나 풋내가 날 수 있으므로 아주 살짝만 데쳐서 넣는다.

2월 23일

작업실에서 간단하게 자주 해먹는 요리다. 채소는 무엇이든 노릇하게 구우면 향이 더욱 진해지고 달아진다. 언젠가 화덕 피자 사장님께서 하신 말씀이 생각난다. '화덕에 구워먹는 채소 맛이 당연 최고'라고 하셨었는데, 정말 공감한다.

채소 오븐 구이 샌드위치(1인분)

발효빵 1쪽, 느타리버섯 50g, 애호박 1/4개, 양파 1/2개, 올리브 오일 30ml, 다진 마늘 3g, 리코타 치즈 25g, 레몬즙 3ml, 말린 허브 가루, 소금, 후추 약간

---

1. 올리브 오일을 두른 팬에 다진 마늘을 볶다가 양파를 넣는다. 허브 가루, 소금, 후추로 간한다.
2. 양파 향이 팬에 베면 느타리버섯과 애호박을 넣고 굽는다.
3. 발효빵 위에 구운 채소와 리코타 치즈를 얹고 레몬즙을 뿌린다.

2月 24日

올해 마지막 찐빵이다. 찐빵을 하나 둘씩 먹다보니 겨울이 다 갔다.
우리 다음 겨울에 다시 만나자.

2月 25日

린넨의 구겨지는 느낌이 좋다. 옷은 물론 가방이나 스카프도 린넨으로 된 것을 자주 사용한다. 엄마는 모시 저고리를 손수 지어 입으실 정도로 손재주가 좋으셨고, 친언니는 패션 디자인을 전공해서, 우리 집안 여자들은 옷을 지어 입는 데 익숙하다. 올해에는 나도 바느질을 배워볼까 한다.

2월 26일

시장에 잠시 나왔다 순식간에 사라지는 금귤을 좀더 오래 먹을 수 있게 금귤 정과를 만들었다. 달콤하고 쫄깃한 맛이 일품인 금귤 정과는 치즈와 함께 곁들이면 와인 안주나 디저트로 즐길 수 있다. 금귤 정과는 시간과 정성이 많이 들어가는 음식이다. 소중한 분에게 마음을 전할 선물로 손색이 없다.

금귤 정과(4인분)

금귤 1kg, 설탕 170g, 꿀 200ml, 물 400ml, 소금 약간

---

1. 금귤은 깨끗이 씻고 반으로 잘라 꼭지와 씨를 제거한다.
2. 금귤을 제외한 모든 재료를 소스 팬에 넣고 약불에서 끓여 시럽을 만든다. 이때 시나몬, 팔각, 카다멈 등 취향에 따라 향신료를 첨가하면 더욱 이국적인 맛을 느낄 수 있다.
3. 시럽에 금귤을 넣고 중불로 끓이다가 한소끔 끓으면 약불로 줄인다. 거품이 올라오면 걷어낸다. 금귤이 투명해지면 체에 밭쳐 시럽과 분리한다.
4. 금귤을 건조기에 한 개씩 널어 말린다. 꼭지 부분의 끝을 모아 아몬드 모양으로 틀을 잡는다. 모양을 잡지 않고 자연스럽게 말려도 상관없다.

2월 27일

사워 도우로 만든 치아바타 특유의 시큼한 맛과 향을 좋아한다. 빵만 맛있으면 야채만으로도 간편하고 건강한 샌드위치를 만들 수 있다.

구운 채소 치아바타 샌드위치(1인분)

사워 도우 치아바타 1개, 양파 1/2개, 애호박 1/2개, 느타리버섯 60g, 달걀 1개
소스: 머스타드 45ml, 캐슈 마요네즈* 30ml, 꿀 30ml, 레몬즙 15ml, 홀그레인 머스타드, 소금, 후추 약간

---

1. 양파는 채 썰고 갈색이 될 때까지 볶는다. 애호박과 느타리버섯을 굽고 달걀은 프라이 한다. 소스는 따로 만드는데, 기호에 따라 꿀을 더 넣어도 좋다.
2. 치아바타에 모든 재료를 넣고 소스를 뿌린다.

---

*1월 27일 참조

2
月
28
日

오늘 만큼은 뚝배기에 밥을 짓고 싶었다. 바닥에 살짝 눌린 구수한 냄새가 정겹다. 김 오르는 풍경이 주방을 따스하게 만들어준다. 올 한 해 차린 밥상들을 생각해보니 스스로가 대견하다. 윤기나는 밥 한 그릇으로나마 마음을 채운다.

3月 1日

기세등등하던 꽃샘추위도 오늘은 꼬리를 내렸다. 봄꽃의 환호성으로 봄이 피어나는 듯하다.

3月 2日

이른 봄 맛볼 수 있는 방울 다다기 양배추가 제주도에서 막 도착했다. 다다기 양배추는 일반 양배추에 비해 부드러운 식감에 당도가 뛰어나고 영양까지 풍부하다. 샐러드나 절임용으로 좋고 데치거나 구워먹으면 담백하다. 제철마다 먹고 싶은 게 많고 그러려면 부지런해져야 한다. 부엌을 이리저리 누비며 재료를 열심히 씻고 다듬다보면 가족을 위한 엄마의 마음이 이랬겠구나 하는 생각이 든다.

3月 3日

부드러운 바닐라 아이스크림과 진득하고 달콤한 밤꿀, 고소한 피스타치오.

몸속까지 시원해지는 여름 맛.

3월 4일

제철인 방울 다다기 양배추도 구워 곁들이고, 리코타 치즈도 함께 담아냈다.

통오징어 샐러드(2인분)

오징어 1마리, 방울 다다기 양배추 3개, 잎채소(겨자잎, 적근대) 8장, 새싹 채소 100g, 리코타 치즈 40g

드레싱: 발사믹 식초 30ml, 간장 22ml, 설탕 8g, 다진 마늘 10g, 다진 양파 20g, 올리브 오일 30ml, 레몬즙 15ml, 깨 약간

---

1. 오징어는 배를 가르지 않고 통으로 내장을 제거한 뒤 깨끗하게 씻어 준비한다. 드레싱 재료는 한데 모아 섞는다.
2. 오징어에 1cm간격으로 칼집을 내고 소금, 후추로 밑간한다.
3. 팬에 버터를 두르고 칼집을 낸 면을 먼저 30초간 구운 후 뒤집어 30초간 굽고 뚜껑을 덮어 1분 정도 더 익힌다. 이때 마늘과 허브를 함께 넣으면 더욱 풍미가 좋다.
4. 제철 채소 위에 오징어를 얹고 드레싱을 뿌린다.

버터가 부담스러우면 올리브 오일에 구워도 좋고, 드레싱은 바질페스토로 대체해도 좋다.

버터에 구운 오징어는 맥주가 있어야 완성이다.

3월 5일

고기와도, 볶음밥이나 피자에도 잘 어울리는 셀러리 장아찌. 호불호가 강하지만, 한번 먹어본 사람들은 꼭 다시 찾게 되는 요리다.

셀러리 장아찌(2인분)

셀러리 1단, 물 200ml, 식초 200ml, 간장 130ml, 설탕 170g, 소금 2g

---

1. 셀러리를 제외한 모든 재료를 냄비에 넣고 팔팔 끓으면 불을 끈다.
2. 셀러리를 다듬어 냄비에 넣고 식으면 소독한 유리병에 담는다. 셀러리 잎도 버리지 말고 남김없이 다 넣는다.

장아찌 소스에 설탕을 넣는 것이 부담스럽다면 양을 반으로 줄이고 매실청을 대신 넣어도 좋다. 남은 소스는 탕수육 소스 만들 때 활용한다.

3월 6일

멋있는 반죽기가 있어도 소량으로 반죽할 때는 엄마에게 물려받은 절구가 더 만만하다. 호떡은 겨울에 먹어야 제맛이지만, 겨울의 끝자락에 먹는 호떡도 나쁘지 않은 것 같다.

녹차 호떡(8개 분량)

중력분 250g, 물 200ml, 이스트 4g, 소금 2g, 녹차 가루 5g, 설탕 25g, 식용유 15ml
호떡소: 설탕 120g, 시나몬 가루 5g, 다진 견과류 80g, 검은깨 30g, 참깨 30g

---

1. 볼에 물, 설탕, 이스트, 오일을 넣고 섞는다.
2. 다른 볼에 밀가루, 소금, 녹차 가루를 넣고 섞는다.
3. ①을 ②에 넣어가며 반죽한다. 약간 질게 되면 된다.
4. 1시간 반 정도 따뜻한 방에 두고 중간 중간 반죽을 뒤적이면서 공기를 뺀다.
6. 식용유를 충분히 부어 팬을 달군다. 손에 기름을 넉넉히 바르고 반죽을 적당히 떼서 소를 넣은 다음 소가 나오지 않도록 반죽을 잘 여미고 노릇하게 튀기듯 굽는다.

3월 7일

매일 반찬 걱정을 하다보면 음식에도 상상력이 필요하다는 생각을 하게 된다. 우연히 먹다 남은 카레로 만들었던 피자가 야식 단골 메뉴가 되었다. 매콤한 카레 소스에 부드럽게 익힌 가지와 감자가 잘 어우러져 이국적인 풍미가 매력적이다.

카레 소스를 바른 가지 피자(1개 분량)

카레 소스(피자 4개 분량): 올리브 오일 15ml, 양파 1/2개, 마늘 10g, 붉은 완숙 토마토(작은 것) 1개, 고형카레 15g, 물 80ml, 간장 5ml, 설탕 5g, 페퍼론치노 2개, 소금 4g, 후추 약간

가지 피자: 또띠아 1장, 감자 1/2개, 표고버섯 2개, 가지 1개, 양파 1/4개, 올리브 오일 15ml, 카레 소스 30ml, 모짜렐라 치즈 60g

---

1. 올리브 오일을 두른 팬에 양파와 마늘을 볶은 후, 토마토와 고형 카레, 물, 간장, 설탕, 소금을 넣고 뭉근히 끓인다. 크러쉬드 페퍼를 조금 넣으면 매콤해진다.
2. 소스를 또띠아에 골고루 펴 바른다. 양파, 감자, 버섯를 볶아 또띠아 위에 올리고, 가지를 길게 4등분하여 통으로 올린다. 진한 가지 맛을 원한다면 칼집을 내고 팬에 한번 구워서 올려도 좋다. 모짜렐라 치즈를 듬성듬성 잘라 올린다.
3. 180도 오븐에서 치즈가 녹을 정도로 노릇하게 굽는다. 고수, 후추, 올리브 오일을 추가해도 좋다.

3月 8日

속은 폭신폭신하고 겉은 바삭한 크로켓. 걸쭉하게 달인 카레가 바삭한 크로켓을 촉촉하게 적신다. 손이 많이 가서 만들 때는 괜히 하나 싶었지만, 황금빛 크로켓이 뜨거운 기름위로 떠오르는 모습은 보기만 해도 배가 부르다.

3
月
9
日

3월의 세간살이가 도착했다. 한 달에 한번 나 자신에게 주는 선물. 소프트 아이스크림이 생각나는 크림색 주스 잔이다. 색감도 촉감도 따스하다. 핸드메이드 도자기 특성상 같은 걸 두 개 구입해도 조형과 색감, 유약의 흐름들이 미세하게 다르다. 나는 이런 부분들이 더욱 마음에 든다.

3月 10日

작업실에 있는데 창문 밖에 작은 새가 울고 있었다. 어찌나 낭랑하게 우는지… 그 모습이 귀여워 한참을 바라보았다. 나의 밥상에도 작은 새 마냥 귀여운 김밥이 있었다.

3月 11日

인천 차이나타운에 나들이를 다녀왔다. 맛있는 게 많은 곳이다. 나는 그중에서 파인애플 잼이 들어간 월병을 가장 좋아한다. 중국에서는 추석에 달 모양을 본뜬 월병을 즐겨 먹는다고 한다. 올 가을 연분홍의 달콤한 생 무화과가 나오면 잼을 만들어 월병을 만들어보리라 레시피북에 미리 적어두었다.

3月 12日

3월 제주의 들판에는 꽃의 향연이 펼쳐진다. 노란 유채꽃과 연두색 보리밭이 어우러지는 모습이 장관을 연출한다고 들었다. 여행을 떠날 때가 다가왔다.

3月 13日

오늘은 태영 씨의 생일이다. 유난스러운 파티는 그가 좋아하지 않아 딸기 생크림 케이크만 만들었다. 태영 씨가 무척 좋아하는 케이크다. 전공이 제과제빵이지만 아이싱을 한 지 8년이 넘다보니 부끄러운 수준이다. 언제나 부족한 음식을 맛있게 먹어주는 그에게.

오늘 하루 행복한 시간 함께 보내요.

3月 14日

달콤한 디저트와 커피, 사시사철 젊음으로 가득한 오랜 벗들. 오늘도 함께 먹고사는 지혜를 안겨주었다.

3月 15日

면 요리에 튀김이 빠지면 허전해서 양파를 튀겨 곁들였다. 청양고추를 다져넣어 매콤하고 시원한 조개국물이 겨울철 묵은 음식에 지친 속을 개운하게 깨운다.

3월 16일

봄 바다 조개는 봄에 핀 화사한 꽃 같다. 지금 한창 물이 올라 가장 맛 좋은 시기라 먹지 않으면 섭섭하다. 오늘 저녁 메뉴는 바다 향 물씬 나는 깊은 감칠맛의 조개 술찜이다.

조개 술찜(2인분)

모시조개 또는 바지락 500g, 올리브 오일 15ml, 다진 마늘 10g, 청주 80ml, 마른 고추 1개, 쪽파 6개, 버터 10g

---

1. 팬에 올리브 오일을 두르고 다진 마늘을 볶는다.
2. 마늘 향이 올라오면 조개를 넣고 청주를 조개 밑바닥까지 붓는다. 뚜껑을 닫고 조개가 입을 벌릴 때까지 기다린다.
3. 조개가 입을 벌리면 마른 고추와 버터, 쪽파를 넣는다. 간이 부족하면 집간장을 조금 넣는다. 남은 국물에 소면이나 파스타를 적셔 먹어도 좋다.

3月 17日

두툼하게 자른 식빵 윗면을 십자로 잘라 굽고 버터를 올린다. 메이플 시럽이나 꿀, 여러 과일을 곁들이면 바쁜 아침 식사로 딱이다. 나는 부드럽게 입안을 감싸주는 버터의 맛을 정말 좋아한다. 케이크를 살 때에도 버터크림 케이크가 언제나 일순위다.

3月 18日

작약꽃 피는 5월이 오면 고운 린넨 옷을 입고 나들이 가고 싶다. 이 피크닉 바구니에 정구지 김밥과 감자 마요네즈 샌드위치를 담아가야지. 벌써부터 설렌다.

3월 19일

보통 쑥갓은 무쳐먹거나 전골에 넣어 먹는데, 먹으면 먹을수록 상큼한 봄내음이 입맛을 돋운다. 개인적으로는 돼지고기 기름에 볶아 먹는 걸 좋아한다.

쑥갓 돼지고기 볶음(2인분)

돼지고기 500g, 쑥갓 100g

양념: 간장 30ml, 맛술 15ml, 굴 소스 15ml, 다진 마늘 13g, 다진 파 30g, 다진 양파 30g, 꿀 10ml, 설탕 10g, 참기름 15ml, 후추 약간

---

1. 양념 재료를 넣고 섞는다. 돼지고기를 양념에 1시간 정도 재운다.
2. 달군 팬에 돼지고기를 넣고 볶는다. 고기가 익을 때쯤 쑥갓을 넣고 참기름을 두른다. 양배추, 양파, 버섯, 청양고추 등을 추가해도 좋다.

3月 20日

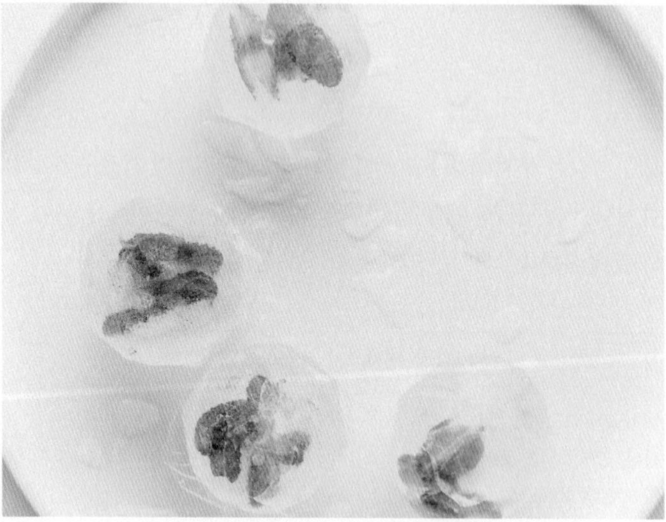

차가운 음료를 장식할 민트 얼음을 만들었다. 상큼한 에이드에 곁들이면 눈도 즐겁지만 얼음이 녹으면서 민트 향이 흘러나와 오랫동안 민트 향을 즐길 수 있다. 정수된 물을 팔팔 끓이고 완전히 식혀 사용하면 더욱 투명한 민트 얼음을 만들 수 있다. 민트 대신 식용 꽃이나 레몬, 허브를 이용해 얼음을 만들어 놓으면 아이스 음료나 화채를 만들 때 유용하다.

3月 21日

어젯밤부터 몸살감기에 걸렸다. 몸과 마음이 무겁다. 곤히 잠든 나를 위해 태영 씨가 달그락 그릇 소리에 숨 고르며 차린 밥상이다. 평범하고 소박하지만 약이 되고 힘이 되는 밥상.

3월 22일

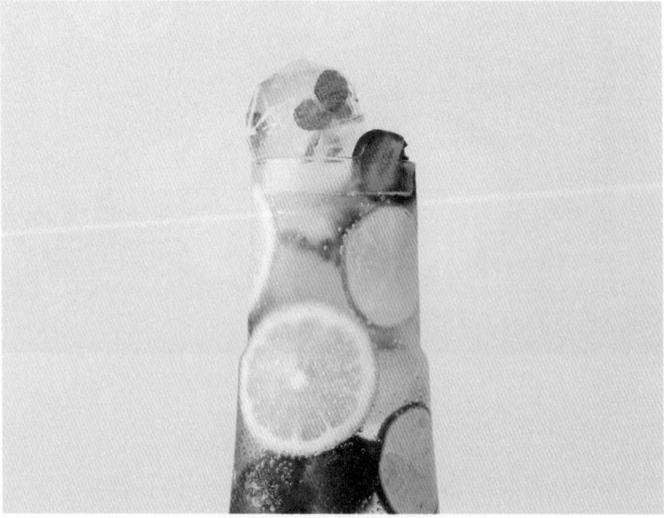

피크닉의 계절이 다가오고 있다. 특별한 솜씨를 내지 않아도 되는, 간단하지만 맛도 모양도 싱그러운 딸기 에이드를 텀블러에 담아 공원 산책을 나섰다.

딸기 에이드(1인분)

딸기 300g, 탄산수 200ml, 아가베 시럽 30ml, 레몬즙 15ml, 소금 약간, 민트 얼음

1. 민트 얼음을 제외한 모든 재료를 믹서에 넣고 간다.

2. 목이 긴 컵에 에이드를 따르고 민트 얼음과 남은 레몬 조각으로 장식한다.

3
月
2
3
日

파인애플 몇 통을 사왔더니 온 집안에 사랑스런 단내가 폴폴 난다. 시원한 파인애플 화채를 만들고, 남은 파일애플로는 볶음밥을 하는 중이다.

3月 24日

산뜻한 보양으로 이만한 게 없다. 매년 고창 복분자를 주문해 원액을 추출한다. 작년에 추출한 복분자를 냉동실에서 한병씩 꺼내 먹는 재미가 있었는데, 오늘 마지막 남은 복분자 원액을 막걸리에 넣어 마셨다. 이제 곧 복분자의 계절이 다가온다. 올해는 복분자 잼을 만들어 가까운 이웃들과 나눠먹고 싶다.

3
月
2
5
日

일 년 내내 한번도 꺼내 입지 않은 옷이나, 주방 구석에 숨어 있는 식재료들을 대할 때는 마음이 강해져야 한다. 과감하게 정리하기가 쉽지 않다. 오전 내내 태영 씨와 대청소를 하고 만개하기 시작한 길가의 꽃들처럼 찻잔을 꽃으로 가득 채웠다.

3月 26日

막걸리를 넣고 부풀린 반죽에 삶은 강낭콩을 콕콕 박아 만든 엄마표 술빵이 생각난다. 생각해보면 요리에 대한 호기심의 8할은 엄마의 영향이 아닐까 싶다. 엄마는 만능 요리사였다. 봄이면 쑥 버무리에 여름이면 복숭아 잼, 가을엔 고구마 맛탕, 겨울엔 단팥죽까지. 요리학원도 없는 시대에 그 많은 요리를 어디에서 배우셨을까? 오늘은 엄마의 콩빵이 먹고 싶어 시장에 나가 콩을 사왔다. 엄마와 똑같은 맛은 못 내지만 엄마와의 추억은 누구보다 생생하게 기억한다.

3월 27일

쫄깃하고 부드러운 탕종 빵은 요즘 들어 내가 재미를 붙여 자주 만드는 빵이다. 오븐 안에서도 잘 부풀어 올라, 만들고 나면 늘 결과가 만족스럽다. 오늘은 전날 만들어둔 당절임 콩을 넣어 콩빵을 만들 예정이다.

탕종을 이용한 콩빵(식빵 1개 분량)

탕종: 물 125ml, 강력분 25g

본 반죽: 강력분 350g, 우유 130ml, 달걀 1개, 설탕 45g, 소금 4g, 이스트 6g, 오일 30ml, 탕종 120g, 당절임 콩 400g

---

1. 탕종은 하루 전에 만든다. 물을 끓인 후 강력분을 넣어 잘 풀어지도록 휘퍼로 젓는다. 걸쭉해지면 불에서 내려 식힌 후 냉장고에 넣어 12시간 숙성한다.
2. 재료를 모두 넣고 반죽한다. 1시간 정도 1차 발효한다. 빵 1개 분량씩 나눠서 둥글게 만든 후 15분 정도 중간 발효한다.
3. 반죽을 밀어 펴고 당절임 콩을 고루 넣어 원하는 모양으로 형태를 잡아 50분 정도 2차 발효한다.
4. 180도 오븐에서 30분 정도 굽는다.

3
月
2
8
日

녹두콩, 완두콩, 작두콩, 강낭콩이 박힌 콩빵을 완성했다. 알록달록 보석처럼 아름답다. 구수한 콩빵과 따뜻한 두유 한잔으로 즐거운 아침 식사 시작.

3月 29日

상품 사진을 찍다보면 모델을 구하지 못해 내가 모델을 하는 경우가 생긴다. 오늘이 그런 날이었다. 가방은 작가가 직접 그린 그림을 인쇄해서 만든 것이다. 촬영장은 인사동 마루에 위치한 '세간'이라는 곳인데, 여러 작가들의 작품과 작가들의 세간살이들을 전시하고 판매한다. 한복 분야에서 '디자이너 편집숍' 개념을 최초로 시도한 곳이다. 그래서인지 외국 사람들이 더 많이 오는 것 같다. 방문하면 섬유작가인 대표님의 한국 전통공예 이야기도 들을 수 있다.

3月 30日

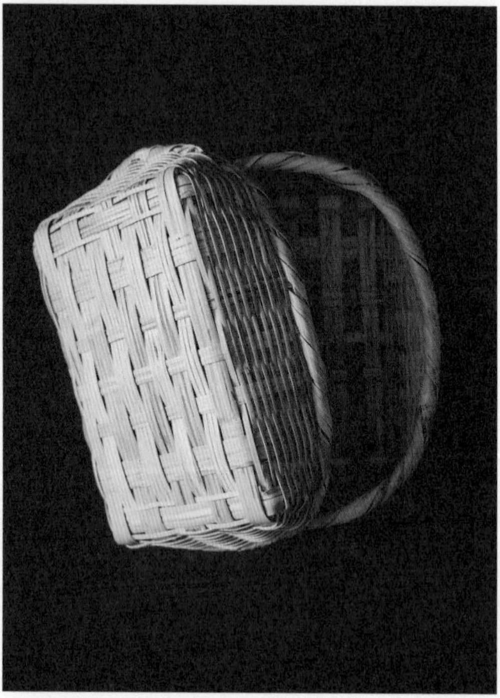

작년 이맘때쯤 제주도에 두 달 넘게 머문 적이 있다. 그때 사진 작업을 했던 가시리의 모루농장에는 무수히 많은 차나무가 따라비오름을 등에 업고 드넓게 펼쳐져 있었다. 밤이 되면 수백 개의 별이 머리 위에 반짝이고, 야생차밭으로 노루가 놀러오는 곳. 그곳 농장의 2층 다락에서 남편과 두 달 동안 있었다.

작년의 인연이 오늘의 차롱 촬영으로 이어진 듯하다. 차롱은 제주도의 민속품으로, 대나무 바구니다. 올여름에는 차롱에 보리쌈밥을 담아 남편과 공원 나들이를 가야겠다.

3
月
3
1
日

흰쌀밥과 아보카도는 생각 외로 정말 잘 어울린다. 아보카도를 간장 종지 대신 활용해보았다. 숟가락으로 아보카도를 가르면, 쌀밥에 짭짤한 간장이 골고루 퍼지면서 고소한 달걀노른자와 어우러진다. 이른 아침 피로가 풀리는 맛이다.

4
月
1
日

4월의 대관령 목장에는 양들도 쉬어간다. 시원하게 탁 트인 산책로를 따라 걸으며 대자연을 만끽했다. 오늘 같은 날은 사진을 공부하는 나에게 귀중한 시간이다.

4月 2日

변화무쌍한 30대를 버텨오면서 나만의 쉬어가는 법이 생겼다. 익숙한 것에 자신을 방치하지 말 것. 마치 타인처럼 자신을 살펴볼 것. 현실에 떠밀려 목적지에 서둘러 가지 않기. 놓치기 쉬운 작은 것에 감사하며 묵묵히 걸어가기.

4월 3일

레시피 노트를 들고 조용히 주방으로 갔다. 새벽 두시, 창밖은 찬물을 끼얹은 듯 고요하다. 온 세상이 정지된 것 같은 게 제법 쓸쓸하다. 새벽 두시에 부엌에서 피자를 굽는 재미는 해본 사람들만 알 것이다.

피자(4인분)

피자 반죽: 강력분 180g, 설탕 15g, 소금 2g, 현미유 30ml, 이스트 2g, 물 100ml
토핑: 양파 1+1/2개, 양송이버섯 10개, 루꼴라 150g, 피자 치즈 250g, 토마토 소스 170ml

---

1. 큰 볼에 강력분과 소금을 넣는다. 따뜻한 물에 이스트와 설탕을 녹여 큰 볼에 부어가며 덩어리로 만든다. 한 덩어리가 되면 현미유를 넣고 반죽한다.
2. 실온에 1시간 정도 1차 발효한다. 둥글려서 20분간 중간 발효한다. 발효되는 동안 양파와 버섯은 슬라이스 해 미리 살짝 볶아 준비한다.
3. 밀대로 밀어 피자 팬에 넣고 포크로 구멍을 뚫는다. 토마토 소스를 바르고 볶은 양파와 양송이, 피자 치즈를 토핑한다.
4. 200도로 예열된 오븐에서 25분 정도 굽는다.

4月 4日

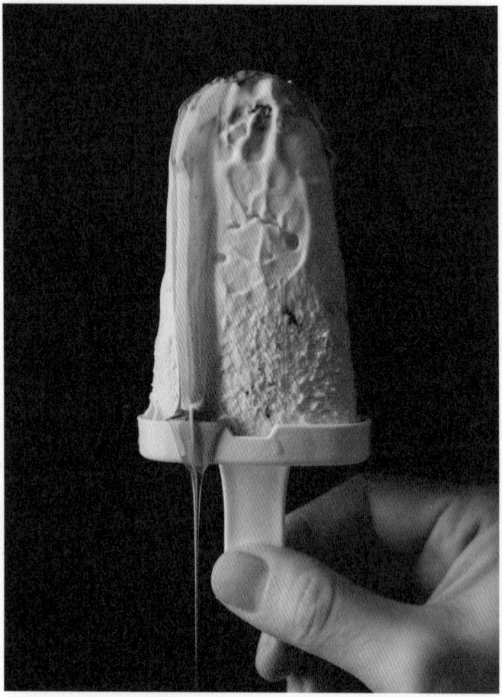

부드러운 소프트 아이스크림을 집에서도 먹을 수 있다는 건 정말 행복한 일이다. 만드는 법은 의외로 간단. 차가운 생크림을 빽빽해질 때까지 휘핑한 뒤 차가운 연유를 넣고 섞는다. 그 다음엔 아이스크림 틀에 넣고 반나절 넘게 얼리기만 하면 된다. 과자, 초콜릿, 말린 과일 등을 넣어도 맛있다. 나는 오레오 과자 두어 개를 부셔 넣어 함께 얼리고 쌉싸름한 밤꿀을 부어 먹었다.

4月 5日

푸른 봄기운이 땅 위로 올라와 코끝을 간질인다. 계절이 주는 기쁨을 따뜻한 차 한잔과 즐기는 하루.

4월 6일

내가 잘 못하는 요리는 김밥이다. 김밥하는 날은 놀림거리가 되는 날. 반면 태영 씨는 김밥을 좋아하는 만큼 정말 예쁘게 만든다. 재료만 내가 준비하고 만드는 건 태영 씨가. 참 정갈하게도 담았다. 꼼꼼한 성격은 감출 수가 없나보다.

참치 마요네즈 루꼴라 김밥(2인분)

참치 200g, 캐슈 마요네즈(1월 27일 참조) 60g, 마늘 10g, 양파 40g, 대파 흰 부분 40g, 루꼴라 8줄기, 밥 300g, 김 2-3장

---

1. 참치는 기름을 뺀다. 마늘과 양파, 대파는 잘게 다진다.
2. 볼에 참치, 캐슈 마요네즈, 마늘, 양파, 대파를 넣고 섞어 참치 마요네즈를 만든다.
3. 김에 밥을 골고루 펴고 루꼴라 - 참치 마요네즈 - 루꼴라 순으로 넣고 말아준다.

고소하면서도 쌉싸름한 루꼴라 김밥은 지친 몸에 생기를 불어 넣어준다. 피자나 샐러드를 하고 남은 루꼴라가 있을 때 만들어 먹곤 한다. 정확한 양에 집착하지 말자. 좋아하는 재료를 많이 넣으면 된다. 나는 마늘과 대파를 듬뿍 넣고 태영 씨는 내 눈치를 보면서 참치를 듬뿍 넣는다. 연근조림, 달걀 간장조림, 우메보시를 곁들여도 좋다.

4月 7日

따스한 햇살에 봄이 녹아내려 향기로 가득한 하루.

4
月
8
日

밀고 당긴다. 그러다보면 매끈한 빵 반죽이 만들어진다. 봄 햇살이 나뭇잎 사이로 쏟아지는 날씨덕에 눈만 뜨면 뭘 만들지 행복한 고민을 한다. 빵은 하루종일 정성들여 손끝으로 피워내는 마술 같은 것이라 여간 애착이 가는 게 아니다. 매번 사먹다가 이렇게 허점투성이인 빵을 먹고 싶을 때가 있다.

4月 9日

만들어 놓은 빵은 하루 지나야 맛있다. 이스트를 사용하면 더욱 그렇다. 하루 지난 카레가 더 맛있는 이유와 비슷하지 않을까. 빵을 두툼하게 잘라 우유를 넣은 달걀물에 담궈 프렌치토스트를 만들었다. 따뜻하게 우린 밀크티와 함께하니 싱가폴 카야토스트가 안 부럽다.

4月 10日

요거트를 보면 맛보기도 전에 건강해진 기분이 든다. 주말 오전 늦잠을 자고 일어나 간단한 과일과 요거트로 식사를 했다. 나는 요거트하면 블루베리가 가장 먼저 떠오른다. 오늘은 냉동 블루베리를 넣었다. 어서 산딸기, 블루베리, 오디, 복분자를 만날 수 있는 베리의 계절이 오면 좋겠다.

4月 11日

제과제빵을 전공하고 채식 레스토랑을 운영하면서, 20대 시절을 주방에서 보냈다. 주방을 떠난 지 오래된 나에게 그 주방을 그립게 하는 음식영화들이 있다. 그런 영화들을 보고 있으면 음식을 만드는 일이 사람들에게 얼마나 많은 변화를 가져다주는지 생각한다. 오늘도 음식영화 한 편을 찾았다. 이런 날 달콤한 디저트는 필수다.

4月 12日

싱그러운 초록빛 에너지를 한껏 품은 풋마늘이다. 마늘통이 덜 여문 어린 잎줄기는 이른 봄에 잠시 동안만 만날 수 있으니 더 늦기 전에 먹어야 한다.

4월 13일

풋마늘은 구워서 스테이크에 곁들여 먹거나 피자 위에 토핑하면 색다른 맛을 즐길 수 있다. 야식으로 먹다 남은 족발이 있으면 샌드위치를 만들어도 별미다.

풋마늘 족발 샌드위치(2인분)

발효빵 4쪽, 족발 10조각, 양파 1/4개, 풋마늘 1/2대, 홍고추 작은 것 1개, 청양고추 1개, 생강 1쪽, 식초 22ml, 피시 소스 10ml, 올리브 오일 40ml, 머스타드 15ml, 꿀 5ml, 소금, 후추, 치즈 약간

1. 양파와 풋마늘, 홍고추, 청양고추는 다지고 생강은 즙을 낸다. 여기에 식초, 피시 소스, 소금, 후추, 올리브 오일을 넣고 섞는다.
2. 식빵은 바삭하게 굽고 족발은 데운다. 머스타드와 꿀을 섞어 구운 식빵 위에 발라둔다. 족발은 ①의 소스를 넣고 버무린다.
3. 식빵 위에 버무린 족발을 얹고 치즈를 올린다. 풋마늘을 양껏 볶아 함께 곁들이면 더욱 풍성해진다.

4月 14日

사각 유부를 따로 파는 점포를 발견했다. 시판용 유부로만 만들다가 이번 기회에 직접 양념을 만들어 유부초밥을 해보았다. 초보자인 나도 쉽게 만드는 걸 보면 초심자의 행운이 있었던 것 같다.

4月 15日

시골에서 보내온 검은깨를 살포시 씻어 윤기가 날 때까지 볶았다. 바스락거리는 소리가 나면 불을 끄고 남은 잔열로 조금 더 볶는다. 볶은 깨에 우유, 꿀을 넣고 믹서에 갈면 고소한 검은깨 우유가 된다. 먹다 남으면 검은깨 크림파스타에 쓴다. 종일 먹어도 질리지 않는 검은깨다.

4월 16일

달콤한 과일즙으로 곧 다가올 무더위를 시원하게 날려줄 추억의 폴라포 아이스크림을 집에서 간단하게 만들어보자.

추억의 폴라포 아이스크림(6개 분량)

큰 파인애플 1/2개, 화이트 와인 30ml, 꿀 30ml, 레몬즙 15ml, 라임즙 15ml, 딸기 15개

---

1. 껍질과 심을 제거한 파인애플은 착즙기를 이용해 맑은 즙을 내려 준비한다.
2. ①의 즙에 화이트 와인, 꿀, 레몬즙, 라임즙을 넣고 섞는다.
3. 딸기는 4등분으로 작게 썬다.
4. 아이스크림 틀에 ②의 파인애플 즙을 80%까지 붓고 썰어둔 딸기를 넣어준 후 냉동실에 넣어 얼린다.

4월 17일

포슬포슬하고 부드러운 콜리플라워를 통으로 구웠다. 뜨거울 때 먹어야 콜리플라워 본연의 맛을 즐길 수 있다. 고기 요리나 빵과 함께 먹는다.

콜리플라워 오븐 구이(2인분)

콜리플라워 1개, 풋마늘 3대, 버터 13g, 소금 1g, 올리브 오일 30ml, 후추 약간
콜리플라워 삶는 재료: 버터 50g, 물 1L, 월계수 잎 2장, 소금 5g, 통후추 7알, 레몬즙 15ml

---

1. 냄비에 콜리플라워와 삶는 재료 모두 넣어 13분간 익힌다.
2. 오븐 팬에 버터를 바르고 풋마늘을 먹기 좋게 잘라 골고루 편다. 소금, 후추로 간한다.
3. ②에 익힌 콜리플라워를 올리고, 올리브 오일을 부어준 후 200도 오븐에서 25분 동안 겉면이 노릇해질 정도로 굽는다.

4月 18日

초록빛 청보리를 보니 제주도에 온 걸 실감했다. 오늘부터 6일간 제주도 여행이다. 일 년 만에 다시 오니 애틋하다.

4月 19日

사진 작업으로 만나 지금은 둘도 없는 친구가 된 임서형 셰프. 서울에서 왕성한 활동을 하다가 고향인 제주도로 내려와 모던하게 재해석한 로컬 음식을 Kitchen lab '차롱'에서 선보이고 있다. 매일같이 바쁜데도 모든 스케줄을 뒤로 하고 나와 동행해주었다. 오는데 수고했다며 감귤과 금귤을 넣은 황돔 요리를 해주겠다는 서형이를 따라다니며 사진 찍기 바빴다. 둘다 일 욕심이 많아서 일과 놀이의 경계가 없다. 오랜만에 만났어도 일하기 바쁜 사이다.

4月 20日

차롱의 구석구석을 구경하고 촬영하며 하루를 보냈다. 오래된 물건들은 할머니와 어머니에게서 물려받았다고 했다. 그래서인지 차롱의 물건들은 그녀의 빛깔을 지닌 것 같다.

4月 21日

4월에 나오는 봄나물들은 하우스가 아니어서 향이 더 진하다. 봄 향기가 진해지는 4월 중순이 되니 청량한 에이드가 생각난다. 올 1월에 담근 제주 레몬 청에 라임, 민트까지 넣어 시원한 에이드를 만들었다. 직접 만든 청을 이용해 요리하면 얼마나 뿌듯한지 모른다. 내 손으로 식탁에 온기를 불어 넣은 듯해서 어깨가 으쓱하다.

4月 22日

시장에 나가 생선과 채소를 사고, 돌아오는 길에 청보리밭에 들렀다. 한참을 깔깔대고 웃은 것 같다. 이 나이에 이렇게 순수하게 나를 보여줄 수 있는 친구가 있다는 게 행복했다.

언제나 그렇듯 차롱에 도착하면 서형이는 재료를 다듬고 나는 사진 찍을 준비를 한다. 오늘의 메뉴는 종이 포일에 아스파라거스, 양파, 미나리를 깔고 백조기를 올린 뒤 오일, 소금, 레몬을 뿌려 익힌 담백한 생선 요리다. 요리를 하면서 여기 있는 와인을 다 먹기로 약속했다.

4月 23日

쉰다리는 제주의 전통 발효 음료다. 먹어보지 못하고 제주도를 떠나 정말 아쉽지만, 쉰다리가 되는 과정은 사진으로 담아올 수 있었다. 제주 어머님들은 쉰다리가 제일 쉽다고들 하시는데, 계량에 익숙한 나는 그 대충이라는 레시피가 여간 힘든 게 아니다. 이미 한번 실패를 해서 그런지 더욱 용기가 필요하다.

4月 24日

제주도 여행의 여운이 길다. 모처럼 쉬는 휴일에 일상으로 돌아오려고 무던히 애를 쓰고 있다. 오징어 먹물과 치즈가 들어간 천연발효빵. 나는 까만 빵이라고 부른다. 이 빵으로 샌드위치를 만들면 맛도 있고 시선까지 사로잡는다. 다음에는 나도 오징어 먹물을 넣어 햄버거 빵을 만들어봐야겠다.

4月 25日

'송옥'의 한국식 메밀국수가 생각나서 만들어보았다. 쫄깃한 면발과 진하고 달큰한 장국, 풍성한 대파까지 넉넉한 인심에 배가 부르다. 순식간에 비워진 그릇을 보니 태영 씨도 입맛에 맞은 모양이다. 조만간 튀긴 유부를 올린 온메밀도 만들어야지.

4月 26日

소중한 분께 선물할 때 꼭 사용하는 '수수소품'의 가방이다. 시중에서 잘 볼 수 없는 와인백으로, 각종 행사가 많은 5월에 유용하게 사용할 수 있다. 집안 소품으로 사용하거나 꽃을 꽂아도 예쁘다.

4月 27日

60수 아사면의 고운 손수건을 수년째 사용하고 있다. 이번에 미국에 계신 시어머님께 보내드리려고 새로 장만했다. 가난한 작가 신분이라 손수건 몇 장밖에 준비하지 못했지만, 하얀 손수건이 나비처럼 하늘거리며 어머님 손에 닿기를 바라는 마음이다.

4月 28日

날이 좋아 뚝배기를 모두 씻어 햇볕에 말렸다. 유약처리가 안된 것들은 쌀뜨물을 채워 팔팔 끓여서 자연건조하면 쌀뜨물의 전분이 미세한 기공으로 들어가 표면을 매끄럽게 한다. 음식물이 스며들지 못하니 내구성이 좋아진다. 요즘같이 볕 좋은 날 가족의 건강한 밥상을 위해 뚝배기 관리는 필수다.

4月 29日

이른 아침부터 미팅이 있어 정신없이 하루를 보냈다. 일을 다 끝내놓고 나니 커피 생각이 간절했다. 매일같이 남편이 내려준 것만 마시다가 오랜만에 카페에 가니 어색했지만, 커피 맛은 좋았다. 역시 커피는 남이 내려준 커피가 최고다.

4
月
3
0
日

간혹 이메일로 연락이 닿아 나의 작업실에 오셔서 차 한잔 함께하는 분들이 있다. 대부분 요리나 사진 쪽 일을 하는 분들이고 그릇 만드는 작가분들도 있다. 그런 날이면 기대 반 설렘 반으로 작업실에 간다. 오늘도 오시는 분을 위해 빵을 데우고 진한 커피를 내렸다.

5月 1日

새싹이 움트는 4월이 지나가고 생명력 충만한 5월이 왔다. 게으른 나마저도 밖으로 나가고 싶은 날씨다. 태영 씨는 시원한 라테 한잔을 만들어 아침인사를 대신했다.

5月 2日

입맛을 한껏 돋우는 엄나무 순으로 뚝배기 밥을 했다. 물러지지 않도록 밥을 먼저하고 뜸을 들일 때 엄나무 순을 넣는다. 양념장을 넣고 비벼 한 숟갈 뜨면 입안이 즐겁다. 쌉싸름한 맛이 매력인 엄나무 순은 장아찌로 만들거나 부침으로 만들어도 맛이 좋다.

5月 3日

아삭한 식감을 뽐내는 아스파라거스가 제철이다. 넉넉히 샀으니 이 번주 내내 브런치에는 아스파라거스를 넣어야겠다.

5月 4日

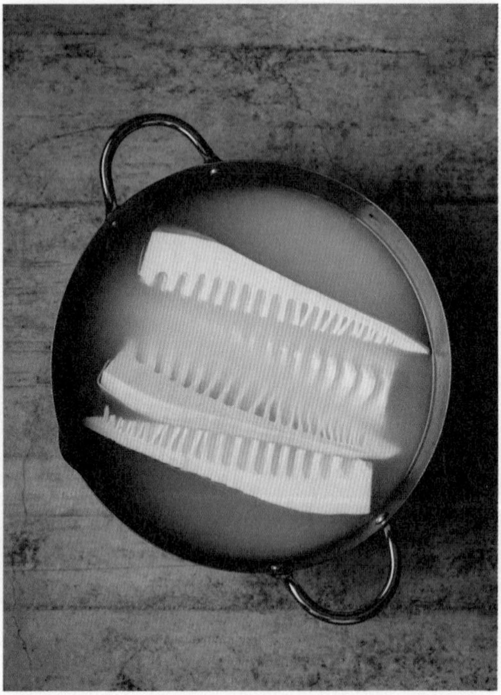

죽순은 껍질을 벗겨 쌀뜨물에 담가 부드러워질 때까지 삶으면 잡맛이 제거되고 양념이 잘 스며든다. 죽순 솥밥을 짓고 매콤한 돼지 죽순볶음을 곁들였다. 호사를 누리는 오늘 저녁 밥상.

5月 5日

끓는 물에 소금을 넣고 아스파라거스를 데친다. 달군 팬에 다진 마늘과 함께 살짝 볶고 소금, 후추로만 간을 해도 맛있다. 수란, 그린 올리브, 올리브 오일, 파르메산 치즈, 빵을 곁들이면 간단한 아침 식사가 된다.

5월 6일

아기 발가락처럼 탱탱한 햇 완두콩 한 자루를 꺼내 알알이 손질했다. 쌀밥 위에 번진 완두콩도 좋지만, 당절임 완두콩이 제일 좋다. 빵 만들 때도 넣고 인절미 빙수에 넣어 먹으면 백화점 팥빙수 안 부럽다.

당절임 완두콩(2인분)

완두콩 500g, 설탕 150g, 물 200ml, 꿀 15ml, 소금 약간

---

1. 끓는 물에 소금과 완두콩을 넣고 3분 정도 삶아 찬물에 헹군 다음 체에 밭쳐 물기를 뺀다.
2. 다른 냄비에 설탕과 물을 넣고 시럽 형태로 녹으면 삶은 완두콩과 소금을 넣고 약불에서 조리다가 꿀을 넣어 윤기를 더한다.
3. 열탕으로 소독한 병에 담아 냉장 보관한다.

5
月
7
日

살짝 데친 아스파라거스와 콜리플라워를 노릇하게 굽고 딸기와 방울토마토를 곁들였다. 상큼한 레몬 두유 마요네즈와 올리브 오일을 섞어 만든 소스가 잘 어울린다.

5月 8日

미니 당근은 작지만 버릴 게 하나도 없다. 달콤해서 날로 먹어도 좋고, 올리브 오일을 둘러 오븐에 구워먹어도 맛있다. 당근 케이크를 만들어도 별미다. 이파리는 샐러드나 두유 마요네즈 샌드위치에 넣으면 향이 독특해서 매력적이다.

5월 9일

봄인지 여름인지 헛갈리는 변덕스러운 날씨에도 제철 채소는 꼬박꼬박 시장에 나온다. 채소 가게 아저씨의 고향 땅 흙냄새를 묻혀온 햇마늘을 까느라 한창 바쁜 시간을 보냈다. 햇마늘은 많이 맵지 않고 단맛이 있어 요리할 맛이 난다. 이맘때엔 햇마늘 표고버섯 밥을 먹어야 한다.

햇마늘 표고버섯 밥(2인분)

불린 쌀 1+1/2컵, 물 300ml, 햇마늘 5개, 표고버섯 8개, 간장 20ml, 현미유 15ml, 참기름 15ml

양념장: 간장 30ml, 고춧가루 7g, 설탕 2g, 다진 마늘 4g, 다진 파 20g, 참기름 15ml, 통깨 2g, 홍고추 1개

---

1. 햇마늘과 표고버섯은 채 썬다. 냄비에 현미유, 참기름을 두르고 햇마늘과 표고버섯, 간장을 넣고 볶는다.
2. ①에 불린 쌀을 넣고 쌀이 투명해질 때까지 볶는다.
3. 쌀이 투명하게 익으면 물을 붓고 밥을 짓는다.

5月 10日

비가 오는 날도, 쌀쌀한 날도 아니지만 시원한 국물이 생각났다. 생선 가게 사장님이 대합탕 끓이는 법을 알려주셔서 저녁으로 대합탕을 했다. 다음에는 대합전도 가르쳐주신다고 했다. 시장에는 제철 재료만 있는 게 아니라 요리 선생님도 계시니 안 갈 수가 없다.

5月 11日

딸기가 끝물이라 마음이 바빠진다. 딸기 잼을 만들어 저장하기 딱 좋은 시기다. 한 바구니 가격에 세 바구니를 주시니 이럴 때는 시장 옆에 사는 것에 감사하게 된다. 오랫동안 끓인 딸기 잼과 제철인 산딸기를 넣어 시원한 딸기 셰이크를 만들었다. 드디어 베리의 계절이 시작되려나보다.

5월 12일

꽃샘추위를 뚫고 자라 속이 꽉 찬 토마토와 아스파라거스로 피클을 만들었다. 이 계절에만 해볼 수 있는 조합이라 실망시키지 않는 맛이다.

아스파라거스 피클(4인분)

아스파라거스 500g, 대저 토마토 2개, 레몬 1/2개, 로즈마리 1줄기, 물 400ml, 소금 4g, 통후추 10알, 설탕 160g, 식초 200ml, 피클링 스파이스 5g

1. 냄비에 물, 식초, 설탕, 소금, 통후추, 피클링 스파이스를 넣고 끓인 후 한 김 식힌다.
2. 소독한 병에 손질한 아스파라거스, 토마토, 레몬, 로즈마리를 넣고 ①의 배합초를 붓는다.
3. 냉장고에서 2일 정도 숙성한다.

5월 13일

취나물은 입맛을 돋워 활기를 되찾아준다. 따스한 바람이 불어오는 5월 춘곤증 예방에도 좋다.

취나물 페스토 파스타(1인분)

파스타 면 100g, 취나물 페스토 40g, 그린 올리브 5알, 표고버섯 2개, 마늘 3개, 올리브 오일 30ml, 소금, 후추 약간

취나물 페스토: 취나물 80g, 잣 40g, 올리브 오일 100-120ml, 마늘 5개, 소금 2g, 파메르산 치즈 가루 30g

1. 취나물은 소금 넣은 물에 살짝 데친다. 잣은 굽는다.
2. 절구에 취나물, 잣, 마늘을 넣고 올리브 오일을 조금씩 부어가며 으깬다. 치즈 가루와 소금으로 간한다.
3. 마늘은 슬라이스 하고 표고버섯은 한입 크기로 자른다. 파스타 면은 물에 삶는다. 이때 면수는 버리지 않는다.
4. 달군 팬에 올리브 오일을 두르고 마늘을 볶다가 표고버섯도 함께 볶는다. 삶은 면과 취나물 페스토를 넣고 볶는다. 이때 너무 퍽퍽한 느낌이 들면 면수를 50ml 정도 추가한다.
5. 그린 올리브를 넣고 소금, 후추로 간한다.

5
月
14
日

산딸기, 망고, 골드키위와 오늘이 마지막인 생딸기.

5月 15日

섬세한 손길의 제빵사에게는 치유의 힘이 있는 듯하다. 가벼운 마음으로 구입한 빵이 때로는 큰 위로와 행복감을 안겨줄 때가 있다. 이미 '소울 브레드'의 빵을 칭찬하기에는 너무 유명한 집이 되어버렸지만, 정성이 가득 담긴 홍차 밀크 잼에 또 한번 놀랐다.

5월 16일

일본 요리 또는 튀김 요리에도 잘 어울리는 생강 초절임. 조금씩 만들어 냉장고에 보관해두면 요긴하게 쓰인다. 가까운 분들에게 선물용으로도 아주 실속 있다.

생강 초절임(4인분)

생강(굵고 연한 것) 300g, 식초 130ml, 다시마 육수 150ml, 설탕 80g, 소금 5g, 레몬 1조각

1. 식초, 다시마 육수, 설탕, 소금을 끓여 식힌다.
2. 생강은 껍질을 벗겨 얇게 슬라이스한다. 끓는 물에 1분 정도 데친 후 체에 밭쳐 물기를 뺀다.
3. 소독한 유리병에 생강, 레몬을 담고 ①번의 초절임액을 넣고 밀봉하여 냉장 보관한다. 3일 정도 숙성한다.

생강을 데치고 남은 물은 꿀 한 숟가락 넣어 생강차처럼 마시면 좋다.

5월 17일

초록빛 고운 단맛을 지닌 완두콩 수프. 완두콩은 싱그러운 초여름, 지금이 제철이다.

완두콩 수프(3인분)

완두콩 200g, 마늘 2개, 대파 흰 부분 5cm짜리 1개, 감자 1개, 양파 1/2개, 시판용 치킨스톡 또는 다시마 육수 300ml, 우유 400ml, 생크림 50ml, 버터 13g, 소금, 후추 약간

1. 마늘과 대파는 다진다. 양파와 감자는 채 썬다.
2. 버터를 녹인 팬에 마늘, 대파, 양파, 감자 순으로 볶다가 완두콩과 치킨 스톡을 넣고 끓인다.
3. 감자가 익으면 불을 끄고 식힌 후 핸드 블렌더로 곱게 간다.
4. 우유와 생크림을 부어 다시 끓인다. 소금으로 간한다.
5. 원하는 농도가 되면 그릇에 담아 후추를 뿌린다. 치즈, 쿠르통 등을 곁들여도 좋다.

5月 18日

몇 해 전 제주도에서 맛본 보리 머핀을 잊을 수가 없다. 제주산 보리 가루와 제주 막걸리로 반죽한 누런 보리 머핀은 어릴 적 엄마가 해 주던 밥솥 찐빵 맛과 비슷했다. 제주도에 가면 보리 머핀과 쉰다리 한잔은 꼭 맛봐야 한다.

오늘은 친구 생일이라 보리 머핀의 맛을 떠올리며 보리 케이크를 구웠다. 슈거 파우더를 조금 뿌리니 못난 솜씨가 덜 부끄럽다.

5月 19日

혼자 작업하는 밤에는 야식이 있어야 섭섭하지 않다. 이런 날은 양도 푸짐해야 한다. 컴퓨터 앞에 앉아 통밀빵 위에 볶은 채소를 듬뿍 올려 먹으면 스트레스가 뭔가 싶다.

5月 20日

애플 수박은 일반 수박의 4분의 1 크기로, 작지만 당도가 높고 껍질이 얇아 깎기 편하다. 올해 처음 먹는 애플 수박인데 작고 앙증맞아 작은 냉장고에 다 들어간다.

5月 21日

데친 아스파라거스, 브로콜리, 짭짤이 토마토, 구운 잣, 삶은 작두콩 위로 취나물 페스토를 올린 샐러드 한 접시로 아침을 시작했다. 취나물의 쌉싸름한 맛과 제철 채소의 식감이 잠들어 있던 미각을 깨운다.

5月 22日

지방 출장으로 대구에 온 김에 좋아하는 찻집인 '다천산방'에 들렀다. 남편도 고등학생 때부터 어머님과 여기에 자주 왔었다고 하니 우리 부부에게 인연이 남다른 곳이다.

5月 23日

'텃밭은 작은 명상의 공간이다.' 채식을 할 때 명상센터에서 이런 말을 들은 적이 있다. 텃밭을 일구는 일은 만만치 않은 일이지만 새로운 휴식이 되기도, 나를 알아가는 과정이 되기도 한다. 나에게 텃밭은 없지만 음식일기를 통해 잊고 있던 나의 모습을 알아가고 있다.

5월 24일

처음엔 기본으로 시작해서 나중엔 아몬드 가루, 초콜릿, 바닐라 빈, 녹차 가루 등으로 응용해보는 재미가 있는 쿠키다.

머랭 쿠키(오븐 팬 3개 분량)

달걀흰자 100g, 설탕 70-100g, 레몬즙 15ml

1. 볼에 달걀흰자와 레몬즙을 넣고 설탕을 3회 나누어 넣어가며 거품기로 휘핑한다.
2. 단단한 머랭이 완성되면 짤주머니에 담아 오븐 팬에 일정한 간격으로 짠다.
3. 120도로 예열된 오븐에 한 시간 반 정도 굽는다.

5월 25일

토마토 살사는 무더운 여름 입맛 없을 때 먹으면 별미다.

토마토 살사(1인분)

방울토마토 200g, 양파 1/2개, 할라피뇨 1개, 소금 2g, 후추 약간, 올리브 오일 15ml, 마늘 4g, 레몬 1/2개, 데친 완두콩 30g

1. 방울토마토, 양파, 할라피뇨는 잘게 썬다. 마늘은 다진다.
2. 큰 볼에 토마토, 양파, 할라피뇨, 마늘, 완두콩을 넣어 잘 버무린다. 레몬즙과 소금, 후추로 간한다.
3. 먹기 직전에 올리브 오일을 두른다. 취향에 따라 고수나 그린 올리브를 곁들여도 좋다.

5월 26일

5월 한철 맛볼 수 있는 오디는 단맛이 강하고 신맛이 적어 잼으로 만들면 귀한 대접을 받는다. 오디 잼이 끓는 동안 그새를 못 참고 알이 굵은 오디만 한 움큼 골라 요거트에 넣어 먹었다.

오디 잼(1병 분량)

오디 500g, 설탕 250g, 레몬즙 30ml

1. 냄비에 손질한 오디를 넣고 레몬즙과 설탕을 분량의 반만 넣고 절인다.
2. 수분이 나오면 냄비를 불 위에 올려 중불에 끓인다. 한소끔 끓으면 나머지 설탕을 넣고 약불에서 농도가 진해질 때까지 졸인다.

5月 27日

5월의 햇살을 즐기러 장터에 다녀왔다. 싱그러운 녹음의 푸른 향이 나는 채소들로 장바구니를 가득 채웠다.

5月 28日

집 앞에 재래시장이 있어 두 식구 먹을 만큼 조금씩 자주 구입해 먹을 수 있어서 좋다. 장보고 돌아오는 길에 집 근처 작은 산에 올라 한숨 돌렸다.

5월 29일

진홍빛 색감에 눈이 즐거운 비트는 가장 자주 먹는 뿌리채소다. 샐러드, 피클, 주스 등 활용도가 높다. 비트는 의외로 굽거나 스팀으로 찌면 베이킹에도 잘 어울려서 재미있다. 비트 샐러드가 먹고 싶은 날이면 미리 많은 양의 비트를 구워놓고 레몬과 절여 냉장고에 숙성해놓는다. 절인 비트는 잎채소 샐러드는 물론 빵, 치즈, 과일 샐러드와도 조화롭게 잘 어울린다.

비트 레몬 절임(4인분)

비트 2개, 올리브 오일 30ml, 발사믹 식초 150ml, 매실청 또는 오미자 청 50ml, 레몬 1/2개, 소금 2g, 후추 약간

---

1. 비트 겉면에 올리브 오일을 바르고 종이 포일로 감싼 후 180도에서 1시간 정도 굽는다.
2. 구워진 비트의 껍질을 깐 뒤 한입 크기로 잘라 바닥이 넓은 유리병에 담는다.
3. 볼에 발사믹 식초, 매실청을 3:1 비율로 계량한다. 레몬은 즙을 내서 넣고 소금과 후추를 뿌려 섞는다. 귤이 제철일 때에는 귤 잼을 넣어도 풍미가 좋다.
4. 비트가 담긴 병에 ③을 담는다. 하루 정도 숙성한다.

5月 30日

입맛 없는 날이면 항상 면 요리를 먹게 된다. 오늘은 미나리, 생강, 메밀의 향이 조화로운 메밀국수 샐러드를 만들어보았다. 콩 대신에 구운 두부를 넣어도 고소하니 맛있다.

메밀국수 샐러드(1인분)

메밀국수 면, 방울토마토, 병아리콩, 완두콩, 적양파, 미나리 적당량

드레싱: 간장 30ml, 식초 15ml, 꿀 10ml, 설탕 2g, 레몬즙 15ml, 참기름 10ml, 고추냉이 3g, 다진 생강 2g, 다진 마늘 3g, 참깨 2g

1. 메밀국수는 삶아서 찬물로 식혀 물기를 빼둔다.
2. 양파는 채 썰고 방울토마토는 반으로 자른다. 미나리는 살짝 데치고 병아리콩, 완두콩은 푹 익힌다.
3. 드레싱 재료를 섞어 드레싱을 만든다.
4. 큰 볼에 면과 채소, 드레싱을 부어 버무린다.

5月 31日

브런치로 만든 포카치아로 일주일치 냉장고 정리가 끝났다. 삼색 방울토마토, 주키니 호박, 그린 올리브, 로즈마리를 넣으니 자투리 채소로 만들었다고 하기에는 미안할 정도로 곱다. 채소를 가지런히 얹고 올리브 오일을 듬뿍 둘러 오븐에 넣는다. 며칠 전 만들어둔 비트 샐러드도 곁들였다. 태영 씨는 큰 대접을 받는 것 같다며 먹는 내내 웃음이 가시질 않았다.

6月 1日

6월의 첫날. 하늘에 뭉게구름은 한가롭게 흘러가지만 농촌에는 손이 열이라도 모자랄 것이다. 여름의 시작을 알리는 살구를 사왔다. 겉멋 없이 수수한 살구의 단맛이 긴 여운을 남긴다.

6月 2日

꽃은 마음을 나누는 선물.

6月 3日

마트 야채 코너에 자색 무가 싸서 왕창 사오고 말았다. 원래 물김치에 더 잘 어울리는 재료지만 냉장고에 물김치가 많이 남아 있어 깍두기를 하게 되었다. 세일이라는 말에 달게 넘어가 일이 커졌지만 즐겁게 만들어야겠다. 만드는 사람이 즐겁지 않으면 음식 맛도 쓰다.

6월 4일

살구 갈레트(4인분)

중력분 200g, 버터 140g, 물 70ml, 소금 2g, 살구 400g, 설탕, 물 적당량
선택: 바닐라 빈, 전분물, 달걀물 약간

1. 미리 찬물과 소금을 섞어 소금물을 만들어놓는다. 체에 친 중력분에 차가운 버터를 올린 후 스크래퍼로 잘게 다진다.
2. 소금물을 조금씩 부어가며 재빨리 한 덩어리로 뭉친다.
3. 뭉친 반죽을 비닐팩에 넣고 냉장고에서 한시간 숙성한다. 시간적 여유가 있다면 3절 접기 3회 하면 좋다.
4. 살구는 오븐에서 익히면 신맛이 강해지고 물기가 생기므로 전처리한다.
5. 물과 설탕을 1:1 비율로 넣고 끓으면 한입 크기로 자른 살구를 넣고 졸인다. 바닐라 빈 한 줄기를 넣어도 좋다. 농도는 전분물로 맞춘다.
6. 반죽을 밀대로 밀어 알맞은 크기로 편다. 졸인 살구를 올리고 감싸듯 반죽의 모양을 잡는다.
7. 달걀물을 바르고 설탕을 뿌린다. 견과류를 뿌려도 좋다.
8. 190도 오븐에서 40분 정도 굽는다. 구워지면 살구 졸이고 남은 소스를 바른다.

6
月
5
日

여름은 생 베리의 축제다. 익을수록 붉어지는 산딸기는 5월 초부터 6월 중순까지만 생과로 먹을 수 있다. 산딸기가 그리워질까봐 냉동실 가득 얼려두었다. 단맛 뒤의 시큼함에 침이 고인다.

6
月
6
日

잔에 과일 얼음 하나만 살짝 띄워도 귀한 대접을 받는 기분이다. 베리의 계절에 로맨틱한 티타임을 준비했다.

6
月
7
日

수제어묵 장사를 하시는 할머니는 재래시장 상인 중 제일 나이가 많으시다. 매일 같은 자리에서 꾸벅꾸벅 졸고 계시지만 내가 다가가면 귀신같이 일어나 바로 앉으신다. 오늘 내가 첫 손님인 듯해 넉넉히 사들고 왔다. 점심에 멸치 육수로 어묵우동을 만들었다. 육수 위로 가지런히 누운 쪽파강회는 은은한 단맛을 낸다.

6月 8日

찌는 듯한 더위다. 초여름의 새콤달콤한 산딸기 얼음을 띄워 차 한 잔을 마셨다. 얼음이 녹아 입안으로 들어오는 산딸기 먹는 재미에 과일 얼음 만들기를 잘했다고 생각했다.

6
月
9
日

여름철 입맛을 돋우는 데에는 마늘종 장아찌가 빠질 수 없다. 억센 부분을 잘라내고 큰 유리병에 켜켜이 담다가 저녁 반찬 생각을 했다. 오늘은 마늘종 듬뿍 넣은 돼지고기 볶음을 해야겠다. 구운 마늘과 상추쌈에 곁들일 막걸리 한병도 있어야 한다.

6月 10日

초여름 탱글탱글한 채소.

6月 11日

마늘종과 갖은 여름채소로 비빔국수를 만들었다. 마늘종의 물오른 단맛에 젓가락이 바쁘다. 조금만 지나면 시장에서 볼 수 없을 텐데 보내기가 아쉽다.

비빔국수 양념장(2인분): 고춧가루 6g, 고추장 26g, 식초15ml, 간장15ml, 설탕 10g, 매실청 7ml, 다진 마늘 6g, 참기름 10ml

---

6月 12日

늘어지게 자고 일어난 주말 아침은 사치를 부리고 싶은 마음이 든다.

6月 13日

블루베리는 5월부터 열매가 맺히기 시작한다. 단내 폴폴 풍기며 여름을 알리는 푸른빛이 반갑다.

6月 14日

아침부터 햇볕이 뜨겁다. 주차장에 나가 흙먼지를 쓸었다. 앞집의 아침 메뉴는 청양고추가 들어간 된장찌개였나보다. 토스트로 대충 때운 입속에 침이 고였다. 괜스레 남의 집 장맛이 궁금하다.

6月 15日

블루베리와 산딸기, 리코타 치즈, 블루베리 잼을 곁들인 토스트. 여름이 주는 단맛과 선명한 색채가 아름답다. 쉽고 빠르게 만들 수 있어 더욱 매력적이다.

6月 16日

초여름에 접어들면서 과일이 풍성하게 쏟아져 나온다. 올여름 수박이 참 달콤해서 고집 센 뙤약볕도 고마워졌다.

6월 17일

요즘 햇마늘, 햇감자, 햇양파 같은 동글동글한 채소들이 많이 나와 있다. 마늘과 양파는 장아찌로 담그고, 햇감자는 쪄서 열무김치와 먹으면 이제 막 얼굴 내민 여름을 붙들어 앉히고 싶어진다. 오늘은 제철 맞은 여름채소로 키쉬를 만들었다. 계란찜도 이것저것 넣어가며 잘 하는데 프랑스 요리라고 어려워할 이유가 없다.

여름채소 키쉬(23cm **파이 팬 1개 분량**)

반죽: 중력분 200g, 무염버터 90g, 얼음물 75ml, 소금 2g

필링: 달걀 2-3개, 생크림 100ml, 우유 100ml, 그뤼에르 치즈 80g, 소금 2g, 후추 약간

채소: 마늘종 50g, 감자 작은 것 1개, 양파 1개, 파프리카 1/2개, 통마늘 8개, 베이컨 3장

---

1. 작업대에 체 친 중력분을 펼치고 차가운 버터를 올린다. 스크래퍼로 자르듯이 섞은 후 소금물을 부어가며 재빨리 반죽한다. 한 덩어리가 되면 냉장고에서 1시간 이상 숙성시킨다.
2. 덧밀가루를 이용해 알맞은 두께로 밀어 틀에 고정한다. 반죽 바닥은 포크로 찌른다.
3. 180도로 예열한 오븐에서 20분 정도 굽는다.
4. 볼에 필링 재료를 모두 담고 섞는다. 달군 팬에 베이컨을 굽다가 양파를 넣고 갈색이 될 때까지 볶는다.
5. 한입 크기로 자른 마늘종, 통마늘, 감자, 파프리카를 살짝 볶은 후 식힌다.
6. 살짝 구운 반죽 위에 볶은 채소를 얹고 필링 재료를 붓는다.
7. 190도 오븐에서 30-40분 정도 익힌다.

제철 채소는 어떤 것이어도 좋다. 계절에 따라 채소들을 바꿔가며 나만의 키쉬를 만들면 된다. 그날 냉장고 자투리 채소들이면 충분하다. 치즈도 취향에 따라 다른 것을 넣어도 되고, 생 허브를 첨가하거나 필링에 생크림 대신 사워크림을 넣어도 좋다.

6월 18일

블루베리 녹차 머핀(8개 분량)

박력분 210g, 녹차 가루 10g, 아몬드 가루 30g, 두유(무설탕) 240ml, 설탕 90g, 코코넛 오일 40ml, 현미유 50ml, 소금 2g, 레몬즙 15ml, 베이킹파우더 4g, 베이킹소다 2g, 팥배기 80g, 블루베리 1/2컵

1. 큰 볼에 두유, 설탕, 소금, 현미유, 코코넛 오일, 베이킹소다, 레몬즙 순으로 넣고 섞는다.
2. 박력분, 녹차 가루, 아몬드 가루, 베이킹파우더와 팥배기를 넣고 날가루가 보이지 않을 정도로만 섞는다.
3. 준비한 틀에 붓고 블루베리를 올린 후 180도로 예열한 오븐에서 35분 정도 굽는다.

6月 19日

하루종일 집에서 작업하다보면 오후 티타임이 기다려진다. 녹차 머핀에 부드러운 생크림을 듬뿍 얹어 차 한잔에 곁들였다.

6月 20日

여름 나기가 여간 힘든 게 아니다. 성가신 태양을 피해 늦게 장을 봐도 불 앞에서 반찬 몇 개 만들고 나면 식탁에 앉을 힘도 없다. 오늘 저녁은 콩국수 한 그릇으로 사라진 여름 입맛을 달랬다.

6
月
2
1
日

볕이 뜨거울수록 과일은 더욱 알차게 익는다. 내년에는 체리로 청을 만들고 싶어졌다. 체리청은 요리에 깊이를 더해준다.

6月 22日

단단한 과육의 천도복숭아는 반으로 쪼개면 깨끗하게 씨를 바를 수 있다. 어릴 적부터 좋아하는 과일이다. 천도복숭아의 맛을 조금 더 간직하려면 잼 만들기는 필수다. 태영 씨와의 첫 데이트 때 선물로 준비한 것도 직접 만든 천도복숭아 잼이었다.

6月 23日

길거리 음식이 맛있는 건 알지만 언제부턴가 밖에서 튀긴 음식을 먹고 나면 이곳저곳 가렵기 시작했다. 그러다가 '푸르나이'의 찹쌀 단팥 도넛을 찾아냈고 그 덕에 보기 좋게 살이 올랐다. 무농약 우리밀과 국산 단팥으로 만들어 냉동한 제품이라 집에서 튀기기만 하면 된다. 바닐라 빈으로 만든 설탕까지 뿌려 지인들에게 나눠주면 괜히 어깨에 힘이 들어간다.

6月 24日

옛말에 장마철은 가지 먹는 맛으로 지낸다고 했다. 엄마 음식 중에서 제일 기억이 많이 나는 것도 고춧가루와 제피 가루로 무친 가지나물이다. 올여름 장마철에는 가지와 함께 보내야겠다.

6月 25日

내 그릇이 마치 나의 감각과 취미를 표현하는 듯한 느낌이 들면 신경이 곤두선다. 그릇에 따라 더 맛있어 보이고, 더 맛있게 먹게 되는 날이 있다. 그리고 마음이 통하는 사람은 그걸 알아본다.

6月 26日

요즘 더위로 온몸이 늘어지는 것 같다. 기분 전환도 할 겸, 집 앞 작은 산에 올라 푸른 숲속을 타박타박 걸었다.

6月 27日

한동안 밀린 작업과 출장 촬영으로 지친 나를 위해 태영 씨가 볶음밥을 해주었다. 칼 갈기부터 재료준비, 뒷정리까지 나보다도 고운 솜씨다. 다진 양파의 모습이 기가 막혀 한 컷 찍었다. 역시 요리는 칼날이 서야 제맛.

6月 28日

눈 뜨면 배고프고 끼니때마다 반찬 고민을 하다보니 계절이 지나있다. 오늘은 태영 씨가 시장에서 사온 오징어 몇 마리를 넣어 해물파전을 만들었다. 막걸리도 한잔 했다. 술 한잔 들어가니 입맛이 살아 여름 오징어는 창오징어가 제일 맛있다고 투덜댔다. 아는 게 많으면 먹고 싶은 것도 많아 피곤하다.

6月 29日

남편과의 첫 데이트 날. 선물로 준비했던 천도복숭아 잼을 소개한다. 나에겐 행운의 잼이다.

천도복숭아 잼(복숭아 10개 분량)

천도복숭아 1kg, 설탕 700g, 레몬 1개

---

1. 천도복숭아는 껍질까지 잘게 잘라 냄비에 담는다. 설탕 1/3을 넣고 섞은 뒤 중불로 끓인다.
2. 설탕이 녹기 시작하면 핸드블렌더로 간다. 씹는 식감이 좋으면 복숭아 1개 정도 채 썰어 넣는다.
3. 레몬은 흰색 속살 없이 노란색 껍질만 벗겨 껍질을 가늘게 채 썬다. 과육은 즙을 낸다.
4. 나머지 설탕을 두번 나눠서 넣는다. 마지막 설탕을 넣을 때 레몬 껍질과 레몬즙을 넣고 끓인다. 너무 되직하면 식으면서 굳어지므로 살짝 묽은 농도에서 불을 끈다.

6월 30일

어릴 적 엄마가 해주던 오징어 요리가 생각난다. 오징어 무국, 오징어 순대… 오징어를 떠올리면 맛있는 음식이 너무나 많지만, 오늘은 반찬과 안주를 넘나드는 달콤 짭짤한 오징어볶음을 만들었다.

오징어 간장볶음(3인분)

오징어 2마리, 표고버섯 4개, 쪽파 100g, 양파 1/2개, 대파 10cm짜리 1개, 홍고추 1개, 간장 45ml, 다진 마늘 4g, 설탕 20g, 현미유 15ml, 들기름 15ml, 소금 2g, 후추 약간

---

1. 오징어는 깨끗하게 손질하고 먹기 좋게 자른다. 파는 다진다.
2. 팬에 현미유를 두르고 다진 파와 다진 마늘을 넣어 노릇하게 볶는다.
3. 파, 마늘 향이 올라오면 채소-간장-설탕-소금-오징어 순으로 넣고 볶는다.
4. 마지막에 약간의 후추와 들기름을 둘러 마무리한다.

매운맛을 원한다면 마늘과 홍고추를 먼저 기름에 볶는다. 오징어는 너무 오래 익히면 질겨지므로 채소를 먼저 넣고 마지막에 볶는다.

7月 1日

초여름부터 가을까지 여름 과일을 잼이나 청으로 만들어두는 일은 엄마와의 추억 중 하나다. 그 때문인지 제철 과일이 나오면 그릇 구경보다 잼이나 청 만드는 데 정신이 팔린다. 오늘도 자두를 한 박스 사서 잼과 주스로 내려 냉장고 가득 채워두었다.
어릴 적 엄마가 보여준 생활 속 교육은 여간해선 흔들리지 않는다.

7月 2日

이른 아침 앞산으로 운동 갈 준비를 했다. 오늘은 자두 레몬 주스 두 병을 챙겼다.

7
月
3
日

급하게 와플을 사와 아침 식사를 차렸다. 그나마 제철에 얼려둔 블루베리가 아이스크림처럼 시원하게 와플 맛을 내조한다. 사먹는 게 간편하지만 말린 과일과 견과류를 손으로 부숴 직접 만든 것만 못하다. 오랫동안 썼던 직화 와플 팬이 고장나서 버렸는데, 오늘 당장 와플 팬을 사야겠다. 요리의 3할은 내 손에 딱 맞는 도구를 찾아내는 일.

7月 4日

어느 해보다 무더운 올여름의 팥빙수. 어릴 적 추운 겨울날 만두 빚듯 눈을 뭉쳐먹던 게 생각난다.

7월 5일

엄마는 가지나물을 만들 때 가지를 살캉하게 쪄내어 손으로 죽죽 찢은 다음 갖은 양념에 버무리고 꼭 마지막에 제피 가루를 살포시 뿌려 마무리했다. 오늘은 엄마 생각이 나서 맛 오른 가지볶음을 상에 올렸다.

가지볶음(4인분)

가지 3개, 마늘 3개, 대파 흰 부분 10cm짜리 1개, 홍고추 1개, 현미유 30ml, 고춧가루 7g, 간장 40ml, 꿀 5ml, 들기름 15ml, 깨 2g

---

1. 가지는 한입 크기로 자른다. 마늘, 대파, 홍고추는 다진다.
2. 팬에 현미유를 두르고 가지를 노릇하게 굽는다.
3. 나머지 재료를 섞어 양념장을 만든 후 가지 위에 부어 재빨리 볶는다.

7
월
6
일

여주를 처음 접한다면 여주 피클이 제일 만만하다. 한번 만들어 놓으면 카레, 피자, 고기볶음에 곁들일 수 있고 술안주로도 별미다. 여주는 냉장고에 3-4일만 보관해도 노랗게 익어버리니 먹다 남은 여주가 있다면 피클부터 만들자.

여주 피클(6인분)

여주 800g, 아삭이 고추 5개, 레몬 1/2개

배합초: 물 600ml, 식초 300ml, 매실청 100ml, 설탕 200g, 소금 5g

---

1. 여주는 반을 갈라 씨를 제거한 후 알맞은 크기로 자른다. 쌀뜨물에 30분 정도 담가 쓴맛을 제거한다.
2. 여주를 건져 흐르는 물에 씻은 후 물기를 제거하고 소독한 병에 넣는다. 고추, 레몬 등을 추가해도 좋다.
3. 배합초 재료 중 식초를 제외한 모든 재료를 냄비에 넣고 끓인다. 끓어오르면 식초를 넣고 바로 불을 끈다. 한 김 식힌다.
4. 여주를 담은 병에 배합초를 붓는다. 식으면 냉장 보관한다.

7月 7日

여름이면 한번쯤 생각나는 상그리아. 오늘은 상그리아 재료를 사러 시장에 갔다. 올해에는 복숭아와 자두로 해볼 생각이다. 레드 와인과 제철 과일이 만나면 알아서 멋도 있고 맛도 있게 만들어진다. 우리는 그저 여름이 건네는 에너지를 받아 맛있었어, 하고 고마워하면 된다.

7
月
8
日

대학을 졸업하고 빵집에 출근하던 새벽길은 고단했지만 차분한 외로움이 있었다. 다른 길을 가게 되고 결혼을 하고 많은 부분이 변했지만, 새벽에 작업하는 건 변함이 없다. 새벽이라는 시간은 나에게 가슴 뛰는 시간이다. 그래서 늘 연인 같은 새로운 작업을 동반한다.

7월 9일

상그리아는 레시피가 다양하다. 매번 그렇지만 오늘도 내 손 가는대로 스타일이다. 설탕과 탄산수를 넣는 방법도 있는데, 내 입맛에는 너무 순해서 생략했다. 좀더 달콤하게 먹고 싶다면 설탕이나 포도즙을 넉넉하게 넣으면 된다.

상그리아(4인분)

레드 와인 1병, 복숭아 2개, 자두 5개, 레몬 1개, 포도즙 150-200ml

1. 과일은 모두 슬라이스 한다.
2. 소독한 병에 과일을 담고 와인과 포도즙을 붓는다. 3일 정도 숙성한다.

한번 담가 놓으면 무더운 여름밤 작은 파티에 잘 어울린다. 나는 먹기 직전에 탄산수를 넣거나 그냥 먹는 걸 좋아한다. 크래커, 치즈, 과일, 후무스, 채소 스틱 등을 곁들여도 좋다. 철에 따라 여러 가지 과일을 넣을 수 있는데, 오렌지, 사과, 레몬, 시나몬 스틱을 넣어 만든 상그리아도 별미다.

7月 10日

7월 장마는 변덕스러워서 태양이 뜨겁다가도 금세 구름이 몰려와 비를 뿌린다. 한 며칠 비가 내려 습한 날씨에 고생했는데, 오늘은 해도 뜨고 간간이 바람도 불어왔다. 밀린 집안일을 끝내고 나니 시원한 미숫가루 한잔이 간절했다. 녹차 얼음에 우유, 꿀, 미숫가루, 녹차 가루를 넣었다. 얼음이 녹으면서 배어 나오는 은은한 녹차 향을 즐길 수 있다.

7月 11日

문 꽁꽁 걸어 닫고 에어컨에만 의지해 며칠 지냈더니 여름 매운맛이 생각났다. 시원한 태국 식당으로 피서 나와 매운 음식을 잔뜩 시켰다. 맥주 한잔 마시고 나니 세상 부러울 게 없다.

7月 12日

오븐 채소 요리는 순하고, 진하고, 담백하다. 채소 본연의 맛을 즐기는 가장 좋은 방법은 오븐에 굽는 거다. 오븐 채소 요리는 간단한 드레싱만 곁들이면 되기 때문에, 자주 하다보면 색다른 드레싱을 발견하기도 한다. 오늘은 발사믹 식초로, 내일은 간장과 들기름으로 맛을 낼 수 있고 그러다보면 나만의 드레싱을 발견하게 된다. 오늘은 비트와 적양파, 자두를 굽고 발사믹 식초와 오미자 청을 넣은 드레싱을 곁들여 따뜻한 샐러드를 만들었다. 오븐에서 흘러나온 자두 향이 진하다.

7月 13日

예전 직장 선배가 어릴 적 담장에 주렁주렁 달린 여주를 본 이야기를 해준 적이 있다. 못난 생김새에 풀냄새의 쓴맛이 아주 고약하지만 꽃향기만큼은 좋았다고 했다. 이른 아침에 더욱 진하다는 향긋한 여주 꽃내음이 궁금하다. 오늘은 시장에서 여주를 보고 기뻐서 한 박스나 사왔다. 동네방네 나눠주고 여주 요리를 해볼까 한다. 여주는 분명 쓴맛이 나지만 밉지 않은 쓴맛으로, 아삭하고 쫄깃한 식감 때문에 자꾸 젓가락이 간다.

7
月
14
日

푸른 여름 맛.

7月 15日

마들렌을 보면 떠오르는 분이 있다. 언젠가 그림 한 장 없는 요리책을 낸 사연을 들으며 서로 즐거운 이야기 보따리를 풀어낸 적이 있었다. 글로만 채워진 요리책은 음식을 내 방식대로 상상하게 한다. 요리 습관에 따라 요리가 엉뚱한 방향으로 갈 수도 있지만, 시행착오 끝에 나만의 요리법이 생기기도 하니 그런 불손한 요리책이 또 나온다면 소장하고 싶다. 제주도 어머니 빵집에 앉아 디저트 이야기 보따리를 풀던 그날이 마들렌 앞에서 몹시 그립다.

7月 16日

엄마는 여덟 식구를 위해 하루종일 마늘을 까고 또 빻았다. 그때 엄마가 쓰던 절구통을 나는 와인 쿨러로 쓰고 있다.

7月 17日

지방 출장으로 고향 대구에 다녀왔다. 농산물 촬영이 끝나고 이것저것 챙겨주신 식재료 중에 청도 백도는 유난 떨며 귀하게 모셔왔다. 여권사진처럼 한번 찍고 나면 몇 년을 쓰는 농산물 사진이라 그런지 이 백도는 잎사귀 풍성하게 새벽 치장을 하고 왔다. 청도는 엄마의 고향이기도 한데, 외삼촌이 복숭아 과수원을 했었다. 어릴 적 주말 농장이 청도 복숭아 과수원이었으니 추억이 떠올라 아까워 먹지도 못하고 관상용으로 두었다. 서늘한 바람이 불기 시작할 때쯤 청도를 다녀와야겠다.

7월 18일

태영 씨는 불볕더위보다 더 뜨거운 열정으로 주말아침 마늘간장으로 양념한 멸치볶음과 계란지단을 부쳐 야무지게 김밥을 만들었다. 자기 맘대로 스팸도 왕창 넣을 수 있어 집밥이 좋다는 사람이다.
나는 나만 좋아하고 태영 씨는 싫어하는 푸른 여주를 넣어 샐러드를 만들었다.

여주 오이 들깨 샐러드(2인분)

오이 1개, 여주 1개, 물 700ml, 소금 10g, 두유 마요네즈(10월 2일 참조) 90g, 생와사비 3g, 들깨 가루 10g, 소금 1g, 현미식초 10ml, 후추 약간, 구운 잣 30g

---

1. 물과 소금을 섞어 소금물을 만든다. 오이와 여주를 나박하게 썰어 소금물에 절이고 물기를 제거한다.

2. 두유 마요네즈와 생 와사비, 들깨 가루, 소금, 현미 식초, 후추를 넣어 버무린 후 구운 잣을 듬뿍 올린다.

요즘 제철인 아오리 사과와 초당 옥수수를 곁들이면 쫄깃한 식감과 달콤한 맛이 더해져 더욱 싱그러운 샐러드를 맛볼 수 있다.

7月 19日

경북 '한빛농장'은 국내산 유기농 매실과 유기농 차조기를 사용해 자소매실을 만드는 곳이다. 얼마 전 경북 농업인 모임에 촬영차 갔다가 자소매실을 모셔왔다. 차조기의 독특한 향이 매실과 잘 어우러져 거북하지 않고 그 맛이 오묘하다. 나도 도전정신이 강하지만 이런 조합은 생각도 못했다. 이런 기발한 생각을 하고 행동으로 실천하는 분들을 보면 가까이서 배우고 싶다는 생각이 든다.

7月 20日

추억을 불러일으키는 맛.

7
月
21
日

부침개 사이에 술 한병 놓고 마주할 벗이 있어 좋다.

7月 22日

여름 더위의 두번째 고비인 중복을 앞두고 식욕이 점점 떨어진다. 다시마, 멸치, 디포리, 무를 넣고 끓인 장국에 햇감자, 양파, 호박을 썰어 넣고 당근즙으로 밀가루 반죽을 해서 당근 수제비를 만들어 먹었다. 할 때는 불같이 덥지만 먹고 나면 속까지 시원하다.

7月 23日

볕이 드는 주방
동글동글한 세간살이
시간이 갈수록 단정하고 따스한 게 좋다.

7月 24日

여름내 잘 먹었던 여주도 바닥을 보이기 시작했다. 장아찌와 피클을 만들어 냉장고 가득 채워 넣고, 아침마다 요구르트와 여름 토마토를 함께 갈아 주스로 먹는 일도 재밌는 일과 중 하나였는데… 보내기 아쉽다. 마지막 남은 여주와 감자, 파프리카, 양파 고루 넣고 파메르산 치즈를 듬뿍 올려 구워낸 여주 피자와 함께 한여름 밤 맥주 파티를 열었다. 쓴맛 강한 여주도 치즈와 맥주를 만나면 인기 최고다.

7
月
2
5
日

늦봄 딸기로 잼을 만들어 마지막 딸기의 아쉬움을 달랬던 게 얼마 전 일이다. 그런데 오늘 옆집 새댁이 놀러와 강원도 여름 딸기를 주고 갔다. 여름 딸기라니… 이 뜨거운 한여름에 생딸기를 먹을 수 있다는 걸 오늘에서야 알았다. 강원도 여름 딸기는 단단한 과육과 풍부한 신맛이 일품이다.

7月 26日

한낮의 폭염으로 온몸이 노곤한 오후, 여름 딸기로 시원한 딸기 주스를 만들었다. 빛 고운 딸기와 딸기꽃이 그려진 유리컵에 붉은 여름을 가득 채워 더위를 쫓아냈다.

7月 27日

제주의 단비와 햇살을 맞아 맛이 오를 대로 오른 제주 미니 단호박이 제철이다. 오늘 점심은 갓 쪄낸 구수한 단호박 한 그릇과 동치미로 때우고, 남은 단호박은 유기농 설탕 고루 뿌려 버무려 놓았다. 설탕으로 절인 단호박은 파운드 속 재료로 안성맞춤이다.

7月 28日

냉장고 속에 뭐가 있는지 알려줘도 못 찾아 먹는 사람이 숨겨놓은 소시지는 기가 막히게 찾아낸다. 토마토에 올리브 오일 듬뿍 두르고 소금을 뿌려 오븐에서 진득하게 구워내고 구운 소시지와 감자를 곁들인다. 이렇게 먹으면 케첩이 필요 없다. 적양파, 그린 올리브, 빵 한 조각과 맛 좋은 치즈만 있으면 완벽한 한 끼 식사다.

7월 29일

연둣빛의 통통한 당조고추가 싱그럽다. 맵지 않고 은은한 단맛이 있어 맛있는 소스만 있다면 채소 스틱으로 먹기 좋다. 그래서 이국적인 느낌의 아보카도 후무스를 만들었다. 후무스는 한번 만들면 쓰이는 곳이 아주 많은 소스다. 채소 딥뿐만 아니라 샌드위치, 부리또 소스로 사용해도 별미이다. 오늘 점심은 당조고추와 오크라, 구운 감자에 아보카도 후무스를 듬뿍 올려 한 끼 식사를 했다.

당조고추와 아보카도 후무스(2인분)

삶은 병아리콩 200ml, 아보카도 1개, 마늘 1쪽, 타히니 25g, 레몬즙 15ml, 소금 4g, 올리브 오일 30ml

옵션: 고수, 카옌페퍼 가루, 큐민 가루

1. 모든 재료를 볼에 담는다.
2. 핸드 블렌더로 곱게 간다.

7월 30일

단호박 파운드(6인분)

박력분 220g, 베이킹파우더 4g, 아몬드 가루 30g, 시나몬 가루 2g, 넛맥 1g, 두유 120ml, 설탕 100-120g, 코코넛 오일 40g, 현미유 60ml, 호박 퓨레 230-250g, 레몬즙 15ml, 베이킹소다 2g, 소금 2g

선택: 건과일, 견과류, 설탕에 버무린 찐 단호박, 팥배기 등

1. 볼에 두유, 설탕, 코코넛 오일, 현미유, 호박 퓨레, 레몬즙, 베이킹소다, 소금을 넣고 섞는다.
2. ①의 볼에 박력분, 베이킹파우더, 아몬드 가루, 시나몬 가루, 넛맥을 체쳐서 넣고 섞는다.
3. 건과일, 견과류, 설탕에 버무린 단호박, 팥배기 등을 넣고 날가루가 보이지 않을 정도로만 섞는다.
4. 틀에 붓고 180도로 예열한 오븐에서 40-50분 정도 굽는다.
5. 완전히 식힌 후 밀봉해 냉장 보관한다.

단맛은 취향에 맞게 조절한다. 퓨레는 밤호박으로 직접 만든 것으로, 농도가 많이 묽지 않다. 나는 찐 밤 단호박에 소량의 두유 또는 물과 설탕, 소금 한 꼬집을 넣고 핸드 블렌더로 갈아 한소끔 끓인 뒤 1인분씩 포장해 냉동실에 넣어두고 사용한다. 파운드나 단호박 파이 만들 때에도 쓰고, 간편하게 단호박 수프를 만들 때에도 유용하다.

7月 31日

7월의 마지막 날은 좀 편하게 보내고 싶었는데 뜻대로 되질 않았다. 간 큰 남편이 감자 고로케가 먹고 싶다하여 자투리 채소를 볶고 햇감자를 쪄 으깨니 등줄기에 땀이 줄줄 흘렀다. 감자 고로케는 빵 반죽에 속 재료를 넣어 동그랗게 만들고 납작하게 누른다. 빵을 두유에 살짝 적셔 빵가루를 묻히고 오일 스프레이로 오일을 분사해 오븐에 굽는다. 오븐을 사용하면 기름을 많이 쓰지 않고도 튀긴 고로케 못지않은 고소한 맛을 즐길 수 있다. 오히려 기름 냄새가 없어 깔끔하고 담백하다.

8月 1日

아침마다 즐겨 먹는 주스가 두 가지 있다. 하나는 사과 당근 주스이고, 다른 하나는 사과 비트 주스다. 오늘은 사과 당근 주스로 간단하게 아침을 시작했다. 나는 여기에 생강즙을 조금 넣는 걸 좋아한다. 그 맛이 참 오묘하게 달다.

8月 2日

어릴 때 아오리 사과는 매력적인 과일은 아니었다. 곧 홍옥이 나오는 걸 알려주는 정도의 과일이었다. 올해는 좀 친하게 지내보자.

8月 3日

여름 찰옥수수는 달콤하고 찰진 맛이 일품이다. 한 소쿠리 쪄서 부엌에 펼쳐 놓으면 오며가며 자꾸 손이 가 금세 배가 부르다. 이 맛을 좀 나누고 싶어 옆집에 한 소쿠리 선물하고 왔다.

8月 4日

오늘 만든 빵은 기공이 마음에 들지 않아 오븐에서 나오자마자 마늘 바게트로 만들어버렸다. 아보카도 후무스와 오크라를 곁들이고 허브 딜을 흩뿌려 주었다. 응급처치 하듯 차려진 밥상이지만 모든 게 어우러지니 화는 나지만 맛있다.

8月 5日

아오리 사과와 친해지기 위해 청을 만들어보았다. 라임을 듬뿍 넣어 상큼한 맛이 더욱 기대된다. 사과와 설탕은 1:1 혹은 1:0.7 비율로 한다. 라임 대신 레몬으로도 대체 가능.

8
月
6
日

8월은 아이스크림의 계절. 여름이 즐거운 이유 중 하나는 뜨거운 햇살 듬뿍 받은 향기로운 여름 과일들을 이용해 다양한 아이스크림을 만들어볼 수 있기 때문이다.

블루베리 아이스크림(4인분)

블루베리 400g, 설탕 130g, 레몬즙 15ml, 생크림 300g, 연유 100ml, 플레인 요거트 500g

---

1. 블루베리, 설탕 80g, 레몬즙을 소스팬에 살짝 졸인다. 이때 레몬 껍질을 다져 넣어도 좋다.
2. 볼에 생크림, 연유, 남은 설탕 50g을 넣고 단단해질 정도로 휘핑한다.
3. ①과 ②, 요거트를 모두 섞고 냉동 가능한 통에 담아 얼린다. 생 블루베리를 함께 얼려도 좋다. 2시간에 한번씩 포크로 긁어 섞는다. 두번 반복한다.

먹기 전에 과일이나 쿠키를 곁들여 디저트 접시를 꾸며보자.

8月 7日

두번 구워 더 맛있는 비스코티. 일주일은 간식 걱정 없다.

8月 8日

오늘 폭염으로 인해 밥을 하지 않겠다고 말했고 태영 씨는 이때다 싶어 배달음식을 먹자고 했다. 배달음식을 즐기는 편은 아니지만, 오랜만에 닭 요리에 당조고추를 함께 먹으니 고독한 미식가의 피망 츠쿠네가 생각난다.

8
月
9
日

따가운 햇살에 알알이 피어난 포도송이가 볼수록 풍요롭다. 무르익을 대로 익은 단맛에 머지않아 가을이 올 듯하다.

8月 10日

찐 감자를 으깨 마요네즈와 잘게 다진 채소, 말린 과일을 넣고 삶은 달걀을 곁들인 샐러드를 만들었다. 어지간해서는 맛없기가 더 힘들다. 오늘은 쫄깃한 강원도 옥수수를 곁들여보았다.

8월 11일

치열한 여름 더위에 지쳐 바닥에 누워 자던 태영 씨를 벌떡 일어나게 만드는 머핀이다. 함께 먹되 밤에 먹어야 더 즐겁다.

코코넛 오일 초코 머핀(8개 분량)

통밀가루 200g, 아몬드 가루 30g, 베이킹파우더 3g, 코코아 가루 40g, 물 또는 두유 280ml, 코코넛 오일 40g, 현미유 40g, 설탕 100g, 소금 2g, 베이킹소다 2g, 레몬즙 15ml, 바닐라 오일 5ml, 초코칩 80g

1. 큰 볼에 밀가루, 아몬드 가루, 베이킹파우더, 코코아 가루를 체 친다.
2. 다른 볼에 코코넛 오일, 현미유, 설탕, 소금, 바닐라 오일, 베이킹소다, 레몬즙, 물 순으로 넣고 설탕이 잘 녹을 때까지 젓는다.
3. ②에 ①을 넣고 초코칩을 넣은 후 날가루가 보이지 않을 정도로만 섞는다.
4. 머핀틀에 80% 정도만 붓는다. 180도 예열된 오븐에서 25-30분 정도 굽는다.

8月 12日

별모양에 미끈한 식감을 자랑하는 오크라. 보통 생으로 많이 먹는데 볶음 요리나 피자 토핑으로도 잘 어울린다. 오늘 저녁반찬으로 오크라 어묵볶음을 했다. 뾰족한 오크라도 불에 볶기 시작하면 부드러운 식감을 숨길 수 없다.

8月 13日

맛도 좋고 눈도 즐거운 파스타 샐러드는 든든한 한 끼 식사로도 손색이 없다. 생채소도 어울리지만 구운 채소나 푹 삶아낸 여러 가지 콩을 넣고 버무려도 그 맛이 참 조화롭다.

파스타 샐러드 드레싱(2인분): 발사믹 식초 30ml, 간장 5ml, 설탕 10g, 다진 마늘 4g, 다진 양파 25g, 올리브 오일 30ml, 레몬즙 15ml, 소금 1g, 후추, 파메르산 치즈 약간

8月 14日

홈메이드 에이드는 입맛에 맞게 여러 과일로 만들 수 있어서 좋다. 아오리 청에 키위 한 개와 얼음을 넣고 간 후, 레몬즙과 탄산수를 넣어 에이드를 만들었다. 청에서 거른 사과 조각은 애플 케이크에 넣어도 좋다.

8月 15日

이가 시릴 정도로 차가운 아이스 아메리카노가 생각나는 오후.

8월 16일

노각은 시원한 즙이 많아 에너지 소모가 많은 여름철에 좋은 음식이다. 무쳐먹어도 맛있지만 볶음 요리에도 어울린다. 노각 속은 과일과 꿀을 넣고 갈아 주스로 마시면 별미다. 여름에만 맛볼 수 있어 더욱 귀하다.

노각 자두 주스(2인분)

노각 1개, 자두 6개, 꿀 50ml, 감식초 15ml, 소금 약간, 얼음 12개

1. 노각 속을 파낸다.

2. 모든 재료를 믹서에 넣고 간다.

과일은 어떤 과일이어도 상관없다. 지금 제철인 천도복숭아, 아오리 사과도 잘 어울리고, 피자두로 해도 색이 곱다.

8月 17日

은은한 단맛과 꽃이 핀 것처럼 화사한 속살을 자랑하는 무화과의 계절이 왔다.

8
月
18
日

올해 여름은 유난히 덥다. 남편이 차려준 밥상으로 최고의 피서를 보냈다.

8월 19일

자연을 벗삼아 직접 기른 시장 할머니의 여린 열무는 고추 그늘 아래서 자라 향이 진하다고 하셨다. 태영 씨가 좋아하는 물김치를 담고 남은 열무는 열무 된장무침을 해야겠다. 입맛 없는 날 이거 하나면 간단하게 비벼먹기 좋다.

열무 된장무침(2인분)

열무 200g, 으깬 두부 100g, 통깨 약간, 된장 13g, 고춧가루 6g, 국간장 7ml, 다진 마늘 4g, 다진 파 13g, 참기름 5ml

---

1. 열무는 살짝 데쳐 물기를 제거한다. 너무 오래 데치지 않도록 주의한다.
2. 나머지 재료를 넣고 버무린다. 땅콩 가루를 조금 뿌려서 마무리해도 좋다.

8月 20日

무화과, 복숭아, 골드키위, 블루베리에 요거트, 피스타치오를 곁들이고 올리브 오일 약간 뿌려주면 이게 바로 여름의 단맛인가 싶다.

8月 21日

속까지 붉은 피자두는 중독성 있는 과일인데, 수확 시기가 짧아 아쉽다. 내년에는 술을 담가 종초를 넣어서 식초를 만들어야겠다.

8
月
2
2
日

여름철 보양식으로 닭 요리만한 게 없다. 닭고기는 요리에 따라 다양한 맛을 낼 수 있어 매력적이다. 태영 씨는 닭곰탕을 보고 정말 닭고기 국물이 맞나 싶을 정도로 뽀얗고 진하다며 두 그릇을 비웠다. 더울 때는 이열치열로 땀을 쫙 빼고 시원한 바람 아래 차 한잔이 최고다.

8月 23日

피자두는 숙성할수록 더욱 달콤해지고 식감도 부드러워져 아침 샐러드에 잘 어울린다. 무화과와 블루베리, 푸른 잎채소를 곁들이고 올리브 오일, 레몬즙, 꿀, 소금을 넣은 드레싱을 뿌렸다.

8
月
24
日

출장을 통해 많은 사람들을 만나게 된다. 그릇을 굽기도 하고, 직접 염색한 천에 그림을 그리거나 요리를 통해 행복감을 표현하는 사람들이다. 오늘은 깡마른 손이 느긋하지만 고집 있게 자신만의 베이글을 만드는 풍경을 촬영하고 왔다. 이 분의 뒷이야기가 궁금해진다.

8月 25日

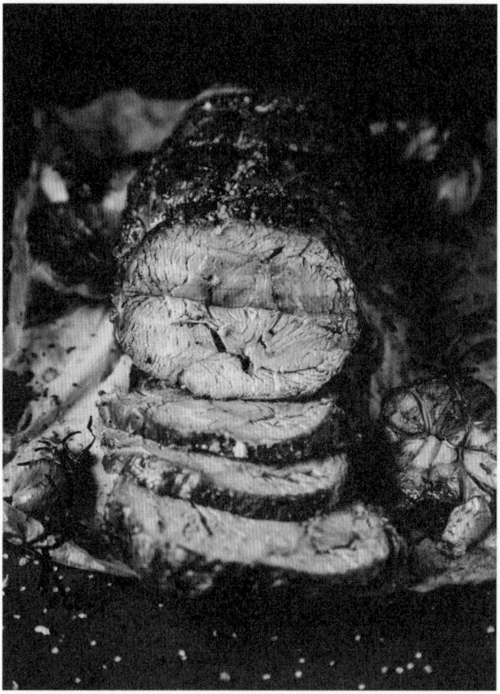

촬영 이틀 째. 음식 촬영은 할 때마다 까다롭지만, 평소에 잘 하지 않는 요리들을 가까이서 보게 된다는 점에서 나에게는 특별한 요리책이고 요리 선생님이다. 오늘은 고기 요리가 메인이었는데, 채식을 했던 나로서는 새로운 요리들을 많이 볼 수 있는 촬영이었다.

8月 26日

노각은 껍질을 벗겨 얇게 썰고, 호박, 대파, 홍고추, 청양고추, 건새우, 표고버섯과 함께 볶는다. 건새우 대신 생새우를 쓰면 맛이 더 풍부하다. 마지막에 들깨 가루를 넣어도 별미다. 양념은 들기름, 국간장, 다진 마늘, 소금 약간만 있으면 충분하다. 이것저것 더 넣으면 오히려 노각 맛이 이상해진다. 잡곡밥 위에 볶아낸 노각을 올리면 열 반찬 필요 없는 노각덮밥이 된다. 가는 여름 붙잡아 즐기는 요리다.

8月 27日

평범하지만 특별한 요리를 하던 엄마의 비법은 휴일에도 쉬지 않는 재료 손질에 있었던 모양이다. 모처럼 작업이 없는 나른한 휴일, 주부는 할 일이 많다.

8月 28日

일년 내내 말린 것만 먹다가 생 무화과를 먹을 수 있는 계절이 오면 기쁘다. 샐러드로 먹고, 빵도 만들고, 잼 만들기는 필수다. 오늘은 무화과로 파운드를 만들어보았다. 고온에서 구워지면서 나오는 무화과 과즙은 무화과 잼을 바른 듯 파운드 위를 빛나게 코팅해준다. 실제로 파운드를 만들 때 애플 소스 대신 무화과 잼을 조금 넣어 만들면 풍미가 더욱 좋다.

무화과 파운드(10cm 파운드틀 1개 분량)

박력분 220g, 아몬드 가루 30g, 시나몬 가루 2g, 베이킹파우더 13g, 코코넛 오일 30g, 현미유 60g, 두유 250ml, 말린 무화과 120g, 무화과 2개, 설탕 90g, 소금 2g, 레몬즙 15ml, 베이킹소다 2g, 견과류 적당량

---

1. 말린 무화과는 잘게 다진다. 무화과는 한입 크기로 자른다.
2. 큰 볼에 박력분, 아몬드 가루, 시나몬 가루, 베이킹파우더를 체 친다.
3. 다른 볼에 오일, 두유, 설탕, 소금, 베이킹소다, 레몬즙 순으로 넣고 젓는다.
4. ③에 ②을 조금씩 부어가며 날가루가 안 보일 정도로 섞는다.
5. 다진 무화과, 견과류를 넣고 섞은 후 파운드 틀에 채우고 무화과를 올린다. 180도로 예열한 오븐에서 30-40분 정도 굽는다.

8
月
29
日

빵 만드는 법은 점점 더 세련되고 복잡해지고 있지만 내 주방에서는 그렇지도 않다. 밥 대용의 빵, 채소를 볶아 넣은 파운드, 메밀로 만든 카스테라 등 매번 시도하지만 매번 성공하지도 않는다. 오늘도 실패였지만 먹을 만했다. 다만 옆 사람이 조금 힘들 뿐이다.

8月 30日

술 맛도 모르면서 마트만 가면 주류 코너를 기웃거리며 예쁜 병이 나 캔을 들었다 놨다 한다. 우아한 취향은 아니지만, 음식을 통해 삶의 즐거움을 찾고 호기심을 잃지 않는 내가 좋다.

8月 31日

서늘한 아침공기를 뚫고 시끄럽게 울어대던 풀벌레 소리가 어느새 자취를 감췄다. 대추 꽃은 너무 작아 항상 피었는지도 모른 채 지나가게 된다. 알알이 맺힌 대추를 보니 올해도 바쁘게 지냈나보다. 푸른 대추 위로 붉은 점이 생기기 시작하면 한가위가 머지않은 것이다.

9月 1日

지난 해 담근 모과 청은 기관지가 약한 남편이 모과차로 우려 마셨다. 어느덧 모과 청의 바닥이 드러났고, 올해 햇모과로 청을 담글지 술을 담글지 고민 중이다. 모과는 과육이 퍽퍽하고 질겨 칼로 얇게 써는 일이 여간 어려운 게 아니다. 하지만 집에 칼 잘 가는 사람이 있어 걱정은 없다.

9月 2日

거짓말처럼 가을이 성큼 다가왔다. 날이 조금씩 시원해지면서 밀린 집안일도 날씨 탓으로 미룰 수가 없게 되었다. 새벽부터 일어나 냉장고 청소를 시작으로 자투리 채소를 모아 피클을 만들었다. 야채 칸에 굴러다니던 적양배추를 꺼내고 생강을 나박하게 썰어 피클을 만들었다. 피클 레시피랄 것도 없지만 물, 식초, 설탕, 소금, 매실청을 넣은 단촛물을 부은 뒤 생강과 함께 숙성하면 먹을 때마다 알싸한 생강 향이 올라온다. 깔끔하고 고급스러운 맛이다.

9月 3日

매미 소리로 시끄러웠던 8월, 청포도를 놓쳤었는데, 끝물인 지금에야 맛볼 요량으로 사왔다. 얇은 껍질과 부드러운 과육이 수입산 청포도에 비할 바가 못 된다.

9月 4日

휴일에는 갖은 채소를 푹 익혀 간단한 드레싱을 곁들이는 식사가 좋다. 오늘은 나도 좀 풀어지고 싶은 날이다. 같이 사는 분은 자꾸 여기가 토끼집이냐고 하는데 참 난감하다. 샐러드에는 무조건 마요네즈가 들어가는 줄 아는 사람이지만 그래도 좋다 싫다가 분명해서 편하긴 하다.

9月 5日

떡 중에서 절편이 제일 쉬울 것 같았는데 막상 해보니 힘에 부쳤다. 절편은 과정이 어렵다기보다는 힘이 중요하다. 무거운 쌀을 등에 메고 떡집에 가서 빻아 다시 메고 와야 한다. 쌀가루에 물을 주고 찐 다음, 있는 힘껏 빨래하듯 치대고 절편 틀에 찍었더니… 세상에, 절편이 나오긴 나오더라. 태영 씨는 떡 처음 만드는 사람이 어떻게 절편 틀은 또 갖고 있느냐고 놀렸다. 내가 생각해도 창피하지만 예뻐서, 사야만 할 것 같아서 샀다고 솔직하게 말했다. 그 덕에 절편 먹는 거야! 하고 모처럼 애교도 쥐어짰다. 여러모로 고단한 하루였다.

9월 6일

수정과는 남편이 좋아해서 계절과 관계없이 자주 해먹는다. 겨울에 차게 먹어도 후끈해지는 맛이니 생강 철인 겨울에 더욱 자주 만들어 대령해드리지요.

수정과(20인분)

생강 150g, 계피 180g, 설탕 200-300g, 물 4.8L

1. 생강은 손질하고 편으로 썬다.
2. 계피는 흐르는 물에 칫솔로 꼼꼼히 씻고 끓는 물에 넣어 한번 데친다.
3. 큰 냄비를 2개 준비해 한쪽은 생강을 넣고 다른 한쪽은 계피를 넣어 각각에 물 2.4L씩 강불에서 10분 약불에서 40분 정도 끓인다.
4. 깨끗한 면보에 걸러 생강물과 계피물을 합친다. 물의 총량이 3~3.5L 정도 되면 된다.
5. 냄비를 불 위에 올린다. 설탕을 넣고 잘 녹도록 저어주면서 중불에서 5분 정도 더 끓인다. 설탕은 물의 양에 따라 취향대로 조절해도 좋다.

9月 7日

오트밀은 가끔 죽으로 많이 해먹는데, 먹다보면 느끼해서 금방 질린다. 결론적으로 오트밀 죽은 내 입맛에는 별로다. 그래놀라를 만들려고 대용량으로 구입하면 항상 조금씩 남아 처치곤란이었는데, 오트밀 스무디를 만들어 먹기 시작하고 남기는 일이 없어서 좋다. 믹서에 넣고 갈기만 하면 되니까 만들기도 간편하다.

오트밀 스무디(1인분): 오트밀 35g, 바나나 1개, 우유 350ml, 견과류 20g

9月 8日

동네 반상회를 했다. 세 달에 한번 하는데 꼬박꼬박 참석한다. 초등학생 때도 엄마가 반상회 하는 것을 보았다. 지금 생각해보면 각자 맛있는 음식 하나씩 만들어오는 포트럭 파티였던 것 같은데, 지금도 별반 다를 게 없다. 나는 지난밤에 만든 수정과를 담아 갔고, 나이가 제일 많은 뒷집 아주머니는 시골에서 보내준 현미로 가래떡을 뽑았다며 조청까지 싸들고 오셨다. 어느 모임이든 손 크고 목소리 큰 분이 계셔야 재미있다.

9月 9日

좋아하는 책 중에 『세상의 모든 달걀 요리』라는 책이 있다. 그 책의 제일 첫 장을 보면 기본적인 다섯 가지 조리법 중에서도 달걀 삶는 법을 제일 먼저 소개한다.
오늘은 절편과 수정과, 삶은 달걀을 챙겨 나들이를 가기로 했다. 태영 씨가 삶은 달걀은 이상하게 항상 껍질도 너덜너덜하게 벗겨지고 삶을 때마다 반숙, 완숙으로 들쭉날쭉하다. 칼도 잘 갈고 사진도 잘 찍는 사람이 달걀 삶는 걸 제일 어려워한다. 나들이 나가서 『세상의 모든 달걀 요리』를 태영 씨랑 읽어봐야겠다.

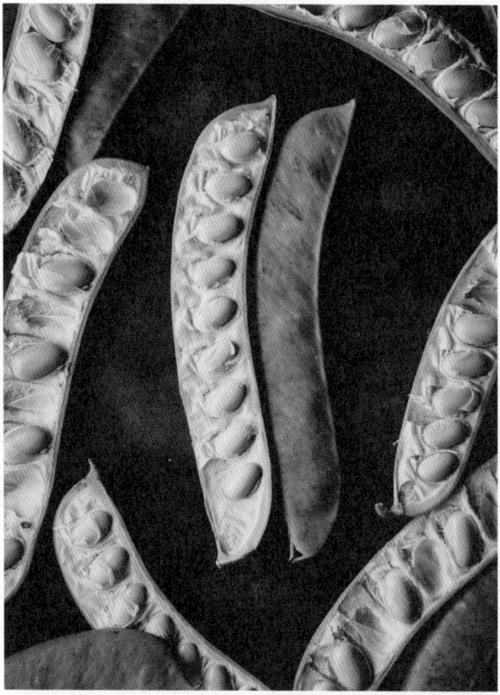

9月 10日

작두콩을 처음 보았을 때는 꼬투리가 너무 커서 이게 콩이 맞나 의구심이 들 정도였다. 크기에 놀라 자를 놓고 비교해보니 30센티미터 가까이 되어 신기할 따름이었다. 속은 어떤 모습일까 궁금해 꼬투리 중간 부분을 칼로 가르는데 어찌나 두껍고 딱딱한지 뭔가 대단한 콩이 들었으리라 기대했다. 역시나 콩 크기도 콩 중에 으뜸이었다. 작두콩 꼬투리는 효소로도 만들고, 차로도 만들어 먹을 수 있다 하니 버릴 게 하나 없어 더욱 귀하다.

9月 11日

홈메이드 토마토 소스는 카레, 볶음 요리, 떡볶이 등 쓰임새가 많은 기특한 소스다. 토마토가 제철인 7-9월에는 붉은 빛깔 선명하고 꼭지가 단단하며 시들지 않은 토마토를 구입해 꼭 한번 만들어보기를 추천한다.

저수분 토마토 소스 시금치 파스타(2인분)

파스타 면 200g, 시금치 200g, 마늘 6개, 구운 캐슈넛 30g, 올리브 오일 15ml, 소금, 후추 약간

저수분 토마토 소스: 완숙토마토 8개, 양파 1개, 마늘 4개, 페퍼론치노 2개, 말린 허브(바질, 타임) 2g, 소금 10g, 후추 약간, 올리브 오일 30ml

---

1. 토마토 소스를 먼저 만든다. 토마토는 바닥이 두꺼운 냄비에 넣고 약불에 1시간 정도 익힌 뒤 살짝 식힌다. 양파는 채 썰고 마늘은 으깬다.
2. 팬에 올리브 오일을 두르고 양파, 마늘, 페퍼론치노를 넣고 볶는다. 마늘 향이 충분히 올라오면 토마토를 넣고 핸드 블렌더로 간다. 소금, 후추로 간하고 말린 허브를 넣어 20분간 중불에서 끓인다.
3. 파스타 면을 삶는다. 마늘은 슬라이스 한다.
4. 팬에 올리브 오일을 두르고 마늘을 넣어 볶는다. 마늘이 노릇하게 익으면 시금치, 구운 캐슈넛, 소금, 후추를 넣고 강불에서 재빨리 볶는다.
5. 접시에 파스타 면, 볶은 시금치를 담고 토마토 소스를 올린다. 취향에 따라 치즈를 곁들여도 좋다.

9月 12日

우리 집 식탁도 가을 준비 중

9月 13日

청포도 청을 조금 만들었다. 포도송이를 씻을 때에는 줄기째 씻고 알을 하나씩 떼어내야 꼭지 속으로 물이 들어가지 않는다. 온전한 포도의 맛을 즐기려면 꼭 참고하자.

9月 14日

어릴 적 명절은 크리스마스 다음으로 손꼽아 기다리던 날이었다. 용돈도 두둑이 채우고 맛있는 음식도 많이 먹으니 신나는 날이었다. 결혼 전까지는 눈치 없이 음식까지 싸들고 가는 미운 시누이였다. 결혼하면 다르겠지 싶었지만 운 좋게 시댁이 미국에 있는 남편을 만났다. 어릴 적 가족끼리 둘러앉아 만들던 송편을 기억하면서 두 식구 먹을 송편을 만들었다. 남편은 어릴 때 상상력이 풍부해서 토끼 송편, 강아지 송편, 기차 송편을 만들었다고 한다. 아직도 송편을 꾸역꾸역 동물 모양으로 만든다.

9月 15日

추석날 맛있는 음식을 너무 많이 먹었는지 몸이 무거운 것 같아 아침부터 산에 오르기로 했다. 멜론이 제철인 요즘, 나들이 갈 때면 멜론을 한입 크기로 잘라 싸간다. 수분도 많고 달콤해서 등산갈 때 좋다.

9월 16일

드립커피를 내리는 날 달콤한 디저트가 없으면 안될 말이다. 오랜만에 시나몬 롤을 구웠다. 시나몬 롤 만들 때는 설탕과 버터를 아끼면 안 된다.

시나몬 롤(6개 분량)

반죽: 강력분 270g, 두유 120g, 달걀 1개, 설탕 30g, 소금 3g, 이스트 4g, 버터 50g
필링: 설당 100g, 시나몬 가루 10g, 버터 10g, 다진 견과류 약간
아이싱: 슈거파우더 100g, 물 20ml

---

1. 큰 볼에 강력분, 설탕, 소금, 이스트를 넣고 살짝 섞은 후 두유와 달걀을 넣고 반죽한다. 한 덩이로 뭉쳐지면 버터를 넣고 20분 정도 더 반죽한다. 랩을 씌워 따뜻한 방에서 1시간 정도 1차 발효한다.
2. 1차 발효가 되는 동안 필링 재료 중 버터를 제외한 나머지 재료를 한데 넣고 잘 섞는다. 버터는 녹인다.
3. ①의 반죽이 두 배로 부풀면 둥글리기를 하고 공기를 빼준 뒤 다시 15분간 중간발효한다.
4. 밀대로 반죽을 사각형으로 펴고 녹인 버터를 바른다. 그 위에 필링재료를 골고루 뿌린 후 돌돌 말아 일정한 크기로 자른다. 준비해둔 틀에 올려 40분간 2차 발효한다.
5. 2차 발효가 끝난 반죽 윗면에 달걀물을 붓으로 바르고 180도로 예열된 오븐에서 25분 정도 굽는다.
6. 다 구워지면 살짝 식히고 슈거파우더와 물을 섞은 것을 뿌려 접시에 담는다.

9月 17日

녹음의 빛깔이 계절의 변화를 알린다. 오늘은 선유도 공원에 나와 산책을 즐겼다. 행복해하는 남편의 표정이 선유도 토끼보다 환하다. 하루종일 느긋하게 책 읽고, 음식을 먹으면서 피크닉을 즐겼다.

9月 18日

가을은 결실의 계절이다. 여름의 볕을 이겨내고 단풍만큼 붉게 익은 오미자가 제철이다. 며칠 전 문경 오미자를 주문했는데 오늘 오후에 받아 밤늦게 작업을 시작했다. 씻어서 채반에 올리기만 하고 자야겠다.

9
月
1
9
日

매년 언니는 오미자 청을 담근다. 매번 얻어먹기도 그래서 올해는 손수 담가 보기로 했다. 오미자는 어떤 음식과도 잘 어울릴 뿐만 아니라 여름철 갈증해소에 최고다. 여름만 되면 줄줄 흘러내리는 땀 때문에 고생하는 남편 때문에라도 더욱 정성을 쏟았다.

9月 20日

떡 본 김에 제사 지낸다고, 정성스레 담근 오미자 청을 들고 대구 언니 집에 갔다. 엄마의 고향인 청도에 들러 5일장에서 장도 보고 어릴 적 놀던 과수원도 구경했다. 팔순을 앞둔 요양 중인 엄마를 대신해 띠동갑인 언니가 엄마 역할을 많이 해주었다. 언니는 어깨가 무거운 사람이었다. 지금은 몸이 불편한 엄마를 대신해 엄마의 손맛까지 전수하는 요리 선생님 역할까지…… 늘 미안하고 고맙다.

9월 21일

나는 기운 없을 때 고기보다 이런 음식이 더욱 생각난다. 남들은 간장게장이 밥도둑이라 하지만 나에겐 야들야들하게 쪄낸 호박잎과 되직하게 끓인 강된장이야말로 군침을 돌게 하는 진짜 밥도둑이다.

호박잎 강된장 쌈(1인분)

두부 1/4모, 호박 1/4개, 표고버섯 2개, 양파 1/2개, 고추 2개, 대파 1/2개, 멸치 육수 200ml, 된장 26g, 고추장 6g, 다진 마늘 13g, 쌀겨 가루 13g

---

1. 두부, 호박, 버섯, 양파, 대파, 고추는 5mm 두께로 썬다.
2. 작은 뚝배기에 썰어놓은 재료를 넣고 멸치 육수를 붓는다. 된장과 고추장을 풀고 강불로 끓인다.
3. 채소가 숨이 죽었다 싶으면 약불로 줄이고 다진 마늘과 쌀겨 가루를 넣고 국물이 되직해질 때까지 끓인다.

9월 22일

깊어가는 가을밤 고단한 새벽 작업도 진한 핫초코와 시나몬 설탕 듬뿍 묻힌 추로스 한 접시만 있으면 위로가 된다.

추로스(2인분)

박력분 150g, 우유 350ml, 시나몬 가루 2g, 달걀 1개, 버터 60g, 소금 2g, 설탕 5g, 시나몬 설탕: 설탕 200g, 시나몬 가루 13g

---

1. 냄비에 우유, 버터, 설탕, 소금를 넣고 끓인다.
2. 끓어오르면 밀가루와 시나몬 가루를 넣고 약불에서 3분 정도 한 덩어리가 될 때까지 젓는다.
3. 불을 끄고 달걀을 넣어 완전히 흡수되도록 젓는다. 달걀이 익지 않도록 주의한다.
4. 반죽을 짤주머니에 넣고 유산지 위에 원하는 모양으로 짠다.
5. 170도 정도의 기름에 반죽을 넣고 튀긴 후 시나몬 설탕을 골고루 묻힌다.

9
月
2
3
日

꽃이 아름답지 않은 계절이 있을까?

9月 24日

여름이 가고 낮이 짧아지는 것은 아쉽지만, 그만큼 밤이 길어질 테니 괜찮다. 선선한 가을밤 짭짤하게 구워낸 소시지와 톡 쏘는 맥주 한잔에 위로가 흘러넘친다.

9月 25日

고약한 여름이 서서히 물러나는가 싶더니 어느새 아침저녁으로 서늘해 포근한 겉옷을 꺼냈다.

9月 26日

내일 있을 촬영 준비로 공원에 들렀다. 떨어진 솔방울과 나뭇가지들을 주우면서 가을을 조금 맛보았다.

9月 27日

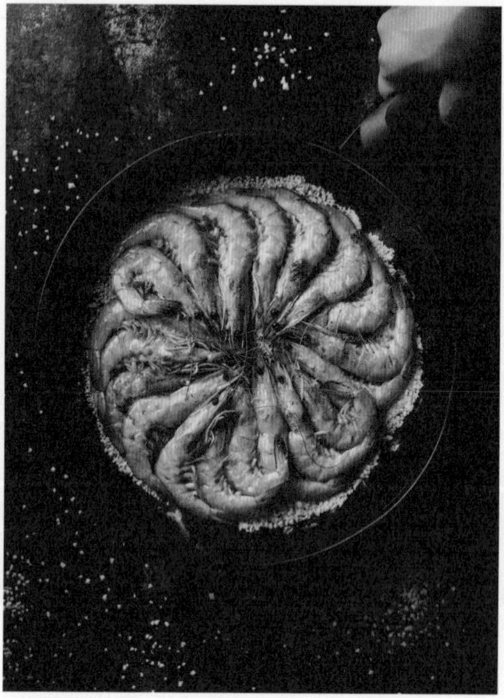

입맛도 살고 먹을거리도 많은 가을. 탱탱하게 살이 오른 새우가 제철이다. 어떻게 먹어도 가을 새우는 맛있지만, 굽은 허리도 편다는 새우 소금구이가 오늘 저녁 메뉴다.

9月 28日

어느덧 무화과가 끝물이라 마음이 급해졌다. 과일 가게 사장님이 연신 무화과 세일을 외치시는 바람에 경쟁자들이 많이 몰려들어 많이 사갈 수 있을까 싶었지만, 다행히도 세 박스를 끌어안고 집에 올 수 있었다. 얼른 잼을 만들어야겠다.

9
月
29
日

한여름부터 늦가을까지 제철인 갈치는 조림도, 구이도 맛있다. 제철의 신선함이 맛 좋은 반찬이라 입버릇처럼 말하던 엄마의 말대로 오늘 저녁반찬은 간간하게 소금 간한 갈치구이로 정했다.

9月 30日

며칠 전 구입한 무화과 세 박스 중 하나는 잼으로, 나머지 두 박스는 가을볕에 곱게 말렸다. 말린 무화과는 무화과 빵을 만들 때도 쓰고 뱅쇼, 치즈와 함께 먹으면 영화 세 편을 연달아 볼 힘이 생긴다.

10월 1일

지금은 가끔 고기도 먹고 해산물과 유제품은 가리지 않지만, 30대 초반까지 채식하던 버릇이 여전히 남아 있다. 며칠 전부터 햄버거가 먹고 싶다고 투덜대는 태영 씨를 위해 채식 버거를 만들기로 했다. 채식 버거는 맛도 좋고 다 좋은데 하루 만에 하기가 여간 힘든 게 아니다. 일단 빵부터 우유와 달걀, 버터 없이 반죽해서 미리 만들어 놓아야 한다.

햄버거 번(6개 분량)

강력분 250g, 설탕 30g, 소금 2g, 이스트 4g, 미지근한 물 150g, 현미유 40ml, 깨, 두유 약간

1. 깨와 두유를 제외한 모든 재료를 넣고 반죽한다. 실온에서 2배 정도 부풀 때까지 1차 발효한다.
2. 반죽을 눌러 가스를 빼주고 다시 둥글려서 15분간 중간 발효한다.
3. 원하는 사이즈로 분할하고 둥글려서 팬닝하고 손바닥으로 납작하게 누른다. 실온에서 40분 정도 2차 발효한다.
4. 반죽 윗면에 붓으로 두유를 바르고 깨를 뿌린다. 180도 예열한 오븐에서 15-20분 정도 굽는다.

10月 2日

남편을 위한 채소 버거(8인분)

❶ 채소 패티: 느타리버섯 100g, 표고버섯 100g, 삶은 감자 150g, 삶은 병아리콩 100g, 두부 150g, 곡물 가루 70g, 양파 1개, 간장 30ml, 소금 4g, 후추 약간, 현미유 15ml

1. 팬에 오일을 두르고 버섯과 양파를 갈색이 될 때까지 볶는다. 이때 소금 간을 조금 하면 좋다.
2. 물기 제거한 두부를 넣고 으깨면서 또 한번 볶는다. 다 볶아지면 나머지 모든 재료를 넣고 핸드 블렌더로 간다. 너무 곱게 가는 것보다 씹는 맛을 살리기 위해 조금 거칠게 간다.
3. 반죽이 만들어지면 손으로 10분 정도 치댄 다음 원하는 패티 사이즈로 만들어 팬에 지지거나 180도로 예열된 오븐에 30분 정도 굽는다.

❷ 햄버거 소스: 완숙토마토 350g, 양파 100g, 마늘 70g, 발사믹 식초 100ml, 꿀 130ml, 간장 40ml, 아가베 30g, 사과 200g, 소금 1g, 후추 약간

1. 채소와 과일은 모두 다진다.
2. 큰 냄비에 모든 재료 담아 핸더 블렌더로 곱게 간다. 불에 올려 1시간 정도 걸쭉한 소스가 될 때까지 졸인다.

❸ 두유 마요네즈: 두유 100ml, 현미유 60ml, 홀그레인 머스터드 5g, 레몬즙 15ml, 소금 2g, 아가베 시럽 10g

모든 재료를 믹서에 넣고 간다.

미리 만들어 놓은 햄버거 빵은 오일 두른 팬에 살짝 굽는다. 빵 위에 ❸마요네즈를 바르고 ❶채소 패티를 얹은 뒤 구운 제철 채소(단호박, 양파, 토마토 등)를 곁들이고 ❷햄버거 소스를 부어 접시에 담는다.

채소 패티에 정답은 없다. 곡물 가루는 쌀겨 가루, 현미 가루, 곱게 간 오트밀 가루 또는 집에서 먹다 남은 선식을 넣어도 좋으며, 어떤 곡물 가루라도 좋다. 고구마나 콩을 삶아서 넣어도 좋고, 견과류를 다져 넣어도 풍미가 좋다. 사계절 각각의 제철 재료를 사용하면 봄, 여름, 가을, 겨울 특색 있는 채소 패티를 먹을 수 있다. 소스에 넣는 과일은 계절에 따라 배 또는 귤을 넣어도 맛있다.

10月 3日

화려한 여름의 공연은 끝났고 기어이 가을이 오고야 말았다.

10月 4日

말린 무화과와 화이트 초콜릿으로 장식한 단호박 케이크. 오랜만에 넉넉하게 구워 옆집과 나눠먹었다. 오늘도 우리 동네 티타임은 밤 깊어가는 줄 모른다.

10月 5日

테이블을 말끔하게 정돈했다. 조용히 음악을 들으며 책 한 권 펼치면 날씨가 흐려도 우울하지 않다.

10月 6日

한동안 커피메이커에 의지하다가 선선한 가을이 되니 진한 드립 커피가 간절해졌다. 커피 일을 하는 부산에 사는 작은 오빠가 한번씩 갓 볶은 커피콩을 보내준다. 그중에서도 과테말라 안티구아 커피가 오늘따라 더 생각이 나 그릇장에서 드리퍼와 저그를 전부 꺼냈다. 오늘은 동네 카페에 커피콩 사러가야겠다.

10月 7日

빨간 국물의 얼큰한 콩나물국을 끓였다. 이번주 내내 촬영이 있었는데 감기 몸살이 오려나 싶어 따뜻한 귤피차도 마시면서 속을 달래주었다. 콩나물이 투명해지면서 나오는 시원하고 개운한 맛은 남편이 챙겨준 감기약도 무르게 만든다.

콩나물국(4인분)

콩나물 400g, 무 150g, 대파 1개, 청양고추 1-2개, 멸치 다시마 육수 1L, 국간장 15ml, 고춧가루 13g, 마늘 2개, 소금 6g, 후추 약간

---

1. 콩나물은 깨끗이 손질한다. 무는 나박하게 썰고, 대파, 청양고추는 어슷썰기 한다. 마늘은 다진다.
2. 냄비에 육수와 무를 넣고 끓인다. 무가 투명해지면 콩나물을 넣는다. 뚜껑은 닫지 않는다.
3. 팔팔 끓으면 국간장과 고춧가루, 소금으로 간한다.
4. 마늘, 대파, 청양고추를 넣어 조금 더 끓인다. 후추를 살짝 뿌린다.

10월 8일

찬바람 불기 시작하는 가을은 여러 해산물들이 통통하게 살이 올라 제맛을 느끼기에 아주 좋은 계절이다. 가을 새우의 맛을 새우장으로 즐겨보자.

새우장(5인분)

새우 1kg, 청주 약간, 청양고추 3-4개, 마늘 10개

간장물: 사과 1개, 대파 3개, 생강 1쪽, 마늘 8개, 건고추 3-4개, 큰 양파 1개, 매실청 100ml, 다시마 육수 800ml, 간장 400ml, 맛술 100ml, 설탕 26g

---

1. 새우는 소금을 푼 옅은 물에 2-3번 정도 헹군 후 먹기 좋게 손질하고 청주를 조금 넣어 재워둔다.
2. 간장물 재료들을 큰 냄비에 모두 넣고 20분 정도 끓여 충분히 식힌다.
3. 간장 양념을 체에 걸러 손질해둔 새우통에 붓는다. 그 위로 청양고추와 마늘을 올려 뚜껑을 닫고 냉장 보관한다.
4. 이틀 후 간장만 따라내어 한소끔 끓이고 식힌 뒤 다시 붓는다.
5. 3-4일 숙성한다.

많이 짜지 않은 레시피다. 간이 싱거우면 간장을 추가하면 된다. 다시마 육수를 우릴 때 말린 표고, 무, 대추 등을 추가하여 육수를 만들면 한층 더 감칠맛이 좋다.

1
0
月

9
日

아침저녁으로 제법 쌀쌀해졌지만 낮에는 공원 산책하기 안성맞춤인 날씨다. 지금이 아니면 잔디에 앉아 책 읽을 시기를 놓칠 것 같아 책 한 권 들고 산책을 나왔다.

10月 10日

붉은 단풍이 하늘을 가리기 시작했다. 가을걷이로 분주한 황금 들녘이 땀방울로 물드는 시월에 내 생일이 있다. 엄마의 수고와 가을철 수확의 풍요로움을 기리기 위해 이른 아침부터 쌀가루를 시루에 안쳐 백설기를 쪘다.

10月 11日

단호박을 오븐에서 스팀으로 찐 후 껍질을 벗겨 수프로 만들었다. 가을을 녹여 달인 샛노란 수프에 빵 한 조각을 적셔 먹으면 따뜻한 욕조에 몸 담근 듯 온몸에 기운이 난다.

10月 12日

가을에는 유난히 햇과일이 많이 나온다. 일 년 중에 가장 달콤한 사과를 맛볼 수 있는 시기가 지금이다. 부지런한 분들은 벌써 사과 잼이나 소스를 만들었을 것이다. 우리 집 사람들은 사과하면 홍옥만 있는 줄 아는 사람들이라 홍옥 나오기만을 기다리는데, 오늘에서야 홍옥이 예쁜 얼굴을 내밀었다. 일단 사과 잼부터 시작하자.

10月 13日

지인들이 보내온 생일선물이 도착하고 있다. 깨알같이 나를 잘 알고 있는 친구와 선배들에게 깊이 감사드린다.

10月 14日

고소한 곡물의 향이 느껴지는 바삭한 쿠키. 오늘은 따뜻한 아랫목에서 라디오를 들으며 노곤노곤 긴 밤을 보내고 싶다.

10월 15일

밥 한 공기 무리 없이 해치울 수 있는 요리다. 재료만 준비해서 재빠르게 볶기만 하면 되는 간단한 요리지만, 맛은 제법 좋다.

돼지고기 줄기콩볶음(2인분)

간 돼지고기 200g, 줄기콩 200g, 간장 30ml, 굴 소스 15ml, 설탕 13g, 참기름 10ml, 후추 약간, 마늘 4개, 페퍼론치노 2개, 감자 1개, 현미유 15ml
돼지고기 밑간: 다진 마늘 10g, 다진 파 26g, 청주 15ml, 소금, 후추 약간

1. 고기는 밑간한다.
2. 줄기콩은 꼭지부분을 제거하고 적당한 크기로 자른다. 감자는 껍질을 벗겨 8등분 한다. 끓는 물에 줄기콩과 감자, 소금을 조금 넣고 끓인다. 줄기콩은 살짝 데치는 정도에서 꺼내고 감자는 3분 정도 더 익힌다.
3. 마늘은 슬라이스 하고 페퍼론치노는 잘게 다진다. 팬에 현미유를 두르고 마늘과 페퍼론치노를 볶다가 매운 향이 올라오면 감자, 줄기콩, 돼지고기, 간장, 굴 소스, 설탕, 후추를 넣고 볶는다.
4. 참기름을 둘러 마무리한다. 싱거우면 간장을 조금 더 추가한다. 대파를 크게 어슷썰기해 함께 볶으면 더욱 풍미가 좋다.

10月 16日

단풍 나들이를 가고 싶지만 밀린 일이 많아 아쉬웠다. 그런 내 모습이 보기에 딱했는지 남편이 샌드위치를 싸서 앞산에라도 오르자고 했다. 그게 무슨 단풍 구경인가 싶다가도 낙엽 양탄자 밟는 소리를 들으니 따라나오길 잘한 것 같았다.

10月 17日

달콤한 걸 좋아하는 남편 덕분에 꿀이 떨어질 일이 없다. 꿀이 무슨 만병통치약처럼 배가 아프든 머리가 지끈거리든 '엄마 손이 약손이다'와 비슷하게 낫게 해준단다. 며칠 전부터 꿀이 바닥을 드러내기 시작해서 우울해하던 태영 씨를 어떻게 알았는지 언니가 단골집 꿀을 보내왔다. 나이 많은 처형과 박서방 사이에 무언가 오고 갔음이 분명하다. 그래도 남편 덕에 꿀이 넉넉히 생겼으니 햇생강이 나오면 생강을 꿀에 재워야겠다.

10월 18일

새콤달콤 침 고이는 홍옥으로 사과 파이를 만들었다. 진득하게 졸인 사과가 시나몬 가루와 어우러지면서 더욱 풍부한 가을의 맛을 피워 내고 긴 가을밤을 달콤하게 채운다.

사과 파이(4인분)

파이 반죽: 중력분 180g, 버터 80g, 물 60ml, 설탕 10g, 소금 2g
사과 필링: 사과 500g, 설탕 60g, 레몬즙 5ml, 시나몬 가루 2g, 넛맥, 소금 약간
선택: 전분물, 달걀물, 두유

1. 작업대 위에 중력분, 소금, 설탕을 고루 섞고 버터를 넣어 스크래퍼로 잘게 다진다. 가루와 버터가 고루 섞여 콩알 크기가 되면 찬물을 부어가며 재빨리 한 덩어리로 만든다.
2. 반죽을 비닐에 넣어 냉장고에서 30분 정도 휴지시킨다.
3. 냄비에 사과와 설탕, 레몬즙, 시나몬 가루, 소금을 넣어 버무린다.
4. 사과에서 과즙이 빠져 나오기 시작하면 불에 올려 투명해질 때까지 졸인다.
5. 수분이 너무 많으면 전분물을 넣는다. 넛맥을 넣고 한번 더 저은 뒤 불에서 내린다.
6. 반죽을 파이 팬에 알맞게 깔고 포크로 구멍을 낸 뒤 사과 필링을 채운다. 남은 파이지로 윗면을 격자무늬가 되도록 마무리 한 다음, 윗면에 달걀물이나 두유를 조금 바른다.
7. 180도로 예열된 오븐에서 30-35분 정도 노릇하게 굽는다.

위의 반죽은 파이 팬 23cm 정도의 분량이고, 파이 윗면의 격자무늬 성형을 위해서는 1.5배합을 계량하면 된다. 달달한 맛을 좋아하면 필링에 설탕을 추가한다.

10月 19日

강화 순무는 배추 꼬리 같은 고소한 향과 알싸한 맛이 일품이다. 10월부터 11월 중순까지가 제철인데, 날씨가 추울수록 매운맛이 덜해 맛있어진다. 두 식구 물김치 담글 만큼의 양을 사왔다. 막걸리 안주가 되어줄 물김치가 화사하게 익었으면 좋겠다.

10月 20日

가래떡을 뽑으러 동네 방앗간에 갔다. 절편과 송편을 만들면서 친해진 방앗간 아주머니가 반갑게 맞아주셨다. 기다리는 동안 믹스 커피 한잔도 대접받았다. 작은 동네 방앗간이라 주인 손님 구분이 없어 웃음꽃이 끊이지 않았다.

10월 21일

어제 갓 뽑아온 가래떡은 조청에 찍어 먹고, 남은 가래떡으로는 떡볶이를 만들었다. 짧게 자른 가래떡 위에 달달한 고추장 소스와 삶은 달걀을 곁들이면 이게 바로 행복이다.

떡볶이(3인분)

가래떡 2+1/2줄, 어묵 250g, 삶은 달걀 2개, 대파 2개, 고추장 80g, 고춧가루 30g, 설탕 30g, 다시마 멸치 육수 800ml, 간장 5ml

---

1. 떡은 7cm 길이로 썬다. 어묵은 한입 크기로 썰고 대파는 어슷썰기 한다.
2. 넓은 냄비에 육수, 떡, 고추장, 고춧가루, 설탕, 간장을 넣어 끓인다.
3. 끓어오르면 어묵, 대파를 넣고 원하는 농도가 될 때까지 졸인다.

겨울에는 배추를 넣어 만들어도 별미다. 입맛에 따라 설탕, 간장, 다진 마늘을 추가해도 좋다.

10月 22日

냉동실에 얼려두고 하나씩 야식으로 먹으려 했던 가래떡이 몇 줄 남지 않았다. 오늘은 황태국에 밥을 먹으려 했었는데 어쩌다보니 떡과 만두를 넣어버렸다. 시원하게 우러나온 국물과 쫄깃한 떡이 제법 잘 어울린다.

10月 23日

갓 구운 베이글과 따뜻한 수프. 오랜만에 단골 베이글 가게에서 브런치를 먹었다.

10월 24일

날씨가 부쩍 쌀쌀해졌다. 온몸을 따뜻하게 만들어줄 진한 생강차 한 잔이 간절했다. 나들이 겸 먼 동네 장에 가서 토종생강을 사왔다. 토종생강은 크기는 작지만 향이 짙고 은은한 단맛이 일품이다. 이맘때 생강 청을 만들어놓으면 겨울에 짜이, 뱅쇼, 밀크티 등을 만들 때 요긴하게 쓰인다. 볶음 요리나 쿠키 반죽에 사용해도 풍미가 좋다.

생강 청

생강즙 1L, 설탕 1kg

1. 생강은 깨끗이 손질해 착즙한다. 한두 시간 가만히 두면 찌꺼기가 가라앉는다.
2. 가라앉은 찌꺼기를 제외하고 노란 생강즙만 냄비에 담는다. 동일한 양의 설탕을 넣고 1시간 30분 동안 졸인다. 눌러 붙지 않도록 나무주걱으로 젓는다.

착즙하고 남은 생강 찌꺼기에 청주를 부어 일주일 정도 둔 다음 걸러서 요리주로 사용할 생강술을 만들어도 된다.

10月 25日

건강한 땅콩 잼을 만났다. 고운 마음씨 가진 두 자매 손에서 곱게 갈린 땅콩 잼은 자극적이지 않고 고소하다. 약한 불에서 오래도록 볶은 땅콩으로 만든단다. 어느덧 '지새우고'의 땅콩 잼이 자연스레 나의 일상에 녹아들었다.

10月 26日

얼마 전 토종생강을 사러 간 날 생강대를 한 다발 받았었는데 냉장고에 넣고 깜빡했다. 생강대는 닭곰탕 할 때 같이 넣고 삶거나 카레 육수 만들 때 넣어도 별미다. 생선을 숯불에 구울 때 같이 구우면 향이 좋고, 한여름 직전 단촛물에 넣고 3-4일 숙성해 먹으면 최고다. 생강대가 시들기 전에 내일이라도 고기 요리를 해야겠다.

10月 27日

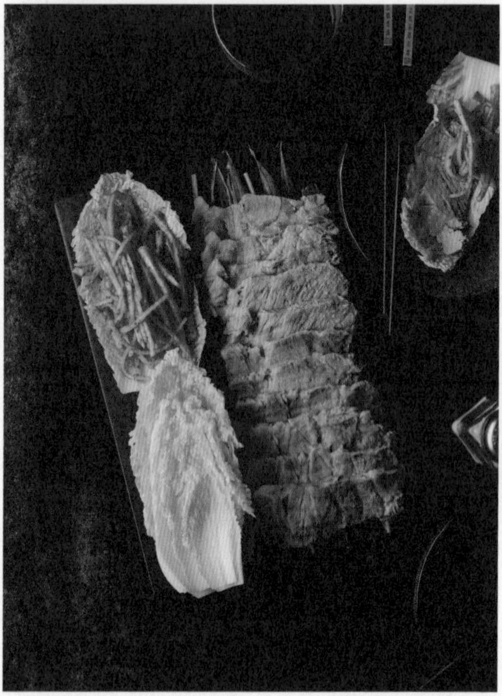

생강대를 넣어 푹 삶아낸 돼지고기 수육에는 개운한 향이 흐른다. 곧 다가올 김장철에 친언니에게 놀러가 돼지고기 수육 넉넉하게 삶아주고 김장김치를 좀 얻어와야겠다.

돼지고기 수육(2인분)

돼지 목살 600g, 된장 26g, 마늘 5개, 생강 2-3쪽, 통후추 4g, 대파 15cm짜리 1개, 청주 30ml, 생강대 3대

1. 차가운 물에 고기를 넣고 1시간 이상 핏물을 제거한다. 중간에 1-2회 물을 교체한다.
2. 냄비에 고기가 잠길 정도로 물을 붓고 모든 재료를 넣어 센 불에 끓인다.
3. 거품을 제거하고 한차례 펄펄 끓인 뒤 뚜껑을 덮고 중불에서 1시간 정도 삶는다.
4. 고기 두께와 부위에 따라 삶는 시간이 다를 수 있다. 젓가락으로 찔렀을 때 부드럽게 쑥 들어가면 된다.
5. 차가운 물에 소금을 조금 풀고 삶은 고기를 헹군다.

10月 28日

알록달록한 가을 귤에 눈이 즐겁다.

10月 29日

가을 햇밤이 달다. 소중한 가족과 가을을 차곡차곡 챙겨 마음속 깊이 눌러 담았다.

10月 30日

귤 잼을 만들고 남은 귤껍질은 가을볕에 바짝 말려 귤피차로 먹는다. 어릴 적 엄마는 사과 깎았으니 먹으라 하시고는 사과껍질로 손등을 싹싹 부비셨다. 겨울만 되면 베란다에 귤 한 박스 사왔으니 먹어라 하시고는 남은 껍질로 귤피차를 달여 드셨었다. 한평생 로션이라고는 니베아밖에 없는 줄 아는 분이라 생각했는데, 너무나 곱고 똑똑한 시골 여인이었다.

10月 31日

귤은 어떻게 먹어도 맛있지만 잼으로 만들었을 때 더욱 빛을 발하는 듯하다. 정성껏 달인 귤 잼은 나의 연말 선물 베스트 1위다. 껍질이 얇으면 껍질도 소량 넣는다. 씹는 질감까지 즐길 수 있다.

11月 1日

올가을 배가 풍년이다. 며칠 전 담근 물김치에도 갈아넣었더니 마음이 푸근해졌다. 배는 유자 청 한 숟가락 넣고 주스로 갈아마셔도 아삭하고 향긋하다.

11月 2日

손끝까지 짜릿한 생강차를 따끈하게 끓였다.

11월 3일

초고추장 대신에 된장과 매실청에 버무린 브로콜리 샐러드를 식탁에 올렸다. 브로콜리를 싫어하는 태영 씨도 이 샐러드는 항상 반긴다. 내 입맛에도 아주 별미다.

브로콜리 된장 샐러드(2인분)

브로콜리 1개, 된장 13g, 매실청 45ml, 마늘 2개, 들기름 13ml, 통 들깨 3g, 구운 잣 약간

---

1. 마늘은 다진다. 브로콜리는 기둥까지 길게 자른다.
2. 브로콜리를 끓는 소금물에 넣고 데친 후 재빨리 찬물에 헹군다. 키친타월로 물기를 뺀다.
3. 작은 볼에 된장, 매실청, 다진 마늘을 넣고 충분히 섞는다.
4. 큰 볼에 브로콜리와 ③을 넣고 골고루 버무린다. 들기름을 뿌리고 한번 더 버무린다.
4. 통 들깨와 구운 잣을 올린다.

11月 4日

통통하게 살이 오른 홍합이 제철이다. 홍합은 껍질이 검고 윤기나며 부서지지 않은 것을 선택한다. 손질할 때에는 껍데기 밖으로 나온 수염을 손으로 빼고 가위로 잘라 껍데기끼리 비벼가며 씻는다. 한번에 많이 쪄서 하나하나 살을 발라낸 뒤 국물과 함께 냉동하면 국, 탕, 부침개를 만들 때 편리하다.

11月 5日

가족끼리 둘러앉아 커다란 파에야를 나눠먹는 시간이 참 정답다. 바닥에 눌어붙은 진득한 누룽지가 별미 중의 별미다.

11月 6日

대봉 감을 익혀서 하나씩 꺼내먹는 재미는 나만 알았으면 좋겠다. 베란다 작은 항아리에 대봉과 사과를 차곡차곡 쌓아 숨겨두었는데, 앞산에 올라 잠시 쉬는 와중에 남편이 가방에서 대봉 두 개를 꺼냈다. 몇 주 전 만든 생강 청에는 눈길도 안 주면서 항아리 뚜껑을 덮어놓은 대봉은 익어가는 냄새로 찾았나보다.

11月 7日

쌀쌀할 때는 달달한 게 생각난다.

11月 8日

콩나물을 넉넉하게 삶았다. 삶은 물로 밥을 하고, 얼큰한 콩나물국도 끓였다. 넓은 대접에 밥을 담고 삶은 콩나물을 듬뿍 올렸다. 맛있는 양념장 하나만 있으면 찬바람이 불어도 속은 든든하게 채울 수 있다.

11月 9日

물김치가 맛있게 익었다. 강화 순무 물김치는 처음 해봤는데 알싸한 가을의 맛이 제법이다. 내년에는 욕심을 부려 조금 더 많이 담가도 될 것 같다.

11月 10日

높은 가을 하늘이 청명하다. 가을 햇살을 받아 탐스럽게 영근 호박 한 덩이가 시골에서 왔다.

11月 11日

찬바람이 불기 시작하면서 제일 생각나는 음식 중 하나가 버섯 들깨탕이다. 표고버섯은 깊은 향이 나서 국물 요리에 빠져서는 안 될 식재료이고, 들깨의 구수한 맛이 여기에 더해지면 집간장만으로도 간이 충분하다. 쫄깃한 식감으로 입맛을 돋우어 두 그릇을 비워도 속은 따뜻하고 편하다. 오늘 저녁은 남편이 싫어하는 버섯 들깨탕을 끓여야겠다.

11월 12일

쪽파는 초겨울이 다가올수록 유난히 맵고 달달한 맛을 뽐낸다. 쪽파가 요즘 제철이라 금값이다. 쪽파는 흰색 머리 부분이 둥글고 통통할수록 맛이 좋은데, 해산물과도 잘 어울린다. 오늘은 조개와 올리브 오일만 있다면 누구나 손쉽게 만들 수 있는 봉골레 파스타를 만들었다. 쪽파를 듬뿍 넣어 담백하고, 마늘과 페퍼론치노로 칼칼한 맛까지 더해져 면 요리를 먹고도 해장한 기분이 든다.

봉골레(1인분)

모시조개 또는 바지락 300g, 페퍼론치노 2개, 마늘 4개, 화이트 와인 50ml, 스파게티 면 100-120g, 올리브 오일 30ml, 쪽파 3-4개, 소금, 후추 약간

1. 조개는 미리 해감한다. 마늘은 슬라이스 하고 페퍼론치노는 부신다. 쪽파는 3cm 길이로 자른다.
2. 끓는 물에 스파게티 면을 삶는다. 소금은 평소보다 조금만 넣는다. 면수는 버리지 않는다.
3. 팬에 오일을 두르고 마늘과 페퍼론치노, 쪽파를 넣고 약불에서 볶는다.
4. 조개를 넣고 화이트 와인을 부어 조개가 입을 열 때까지 끓인다.
5. 삶은 면을 넣고 면수를 약간 넣는다. 조개 육수가 면에 베어들면 올리브 오일을 두르고 후추를 뿌린다.

11月 13日

가을의 끝자락 찬바람에 단풍은 낙엽이 되고, 떨어진 낙엽도 가을 햇볕에 보석처럼 반짝인다.

11月 14日

오늘 주방을 살펴보니 한번도 사용하지 않은 가루 양념들이 꽤 있었다. 언젠간 쓰겠지, 남들도 있으니 나도 있어야지 하고 구입했던 이름도 어려운 양념들이다. 좁은 주방 찬장이 안쓰러워 과감하게 대청소를 했다. 두 식구 살림에 갈수록 조리를 최소화하고 간을 약하게 하다보니 쓰는 양념 몇 가지만 있으면 충분하다.

11월 15일

수정과 아이스크림은 남편과 내가 가장 좋아하는 디저트다. 수정과 만드는 날이면 바닐라 아이스크림도 꼭 사서 식후에 먹는다. 아이스크림 볼에 차가운 수정과를 붓고 바닐라 아이스크림을 넣는다. 토핑으로 견과류, 녹차 가루, 시나몬 가루, 떡 등을 올려도 좋다. 오늘은 곶감 쌈을 곁들였다.

곶감 쌈

곶감, 크림치즈, 호두 적당량

1. 곶감은 꼭지를 제거하고 가위 다리 하나만 넣고 잘라 평평하게 편다.
2. 곶감의 씨를 제거하고 크림치즈를 얇게 펴 바른다. 호두 2개를 겹쳐 놓고 돌돌 만다.
3. 랩으로 감싸 사탕 모양으로 양쪽을 단단하게 만다.
4. 냉동실에서 30분 정도 굳힌 뒤 알맞은 크기로 자른다.

11月 16日

오늘 저녁은 닭고기를 노릇하게 구워 기름을 제거하고 볶은 양파, 감자, 당근, 늙은 호박을 썰어 넣어 만든 치킨 카레다. 늙은 호박의 구수하고 달콤한 맛이 카레를 더욱 부드럽게 만들어준다.

11月 17日

달밤에 펼친 찻상은 향의 여운이 미묘하게 길다.

11月 18日

어릴 적, 붉은 석류가 주렁주렁 매달린 석류나무를 갖고 있는 옆집이 늘 부러웠다. 석류는 한기를 많이 타는지 겨울 채비를 하는 옆집 아저씨의 모습을 여러 번 보았었다. 옆집에는 감나무도 있고 석류나무도 있는데 왜 우리 집엔 못생기고 벌레만 잔뜩 꼬이는 모과나무만 있느냐고 투덜댔던 것도 기억난다. 요리 잘하는 분들은 석류를 활용해 기발한 요리들을 만드는데, 나는 손에 붉은 물 들어가며 한 알씩 떼어먹는 것이 더 좋다.

11月 19日

어느 것에도 휩쓸리지 않고 꿋꿋하게 살고 있는 그녀에게 나의 사진을 보낸 날.

11月 20日

제주도에 두 달을 머물면서 사진 작업을 했었다. 이른 새벽 따라비 오름을 휘감고 피어나는 짙은 안개 속에서 서서히 드러나는 차밭의 적요한 아침 풍경이 생각난다. 이른 아침 따뜻한 녹차 한잔에 어려웠던 농장 생활과 밭일 거들던 흑돼지 꽃분이도 그립다.

11月 21日

찬바람 불면 어김없이 생각나는 동태찌개는 저렴하고 푸짐해서 겨울철 감초 역할을 톡톡히 한다. 겨울 무와 함께 끓이면 해장하기 정말 좋다. 오늘 저녁에는 동태 한 마리 사다가 무, 홍합, 두부, 늙은 호박을 넣어 얼큰하게 찌개를 끓였다. 시원하고 달달한 국물에 육수 머금은 두부 한입 베어 물면 막걸리 한잔 곁들이지 않을 수 없다.

11월 22일

소고기 미역국과는 다른 맛이지만 홍합 미역국도 시원하고 담백하다. 뽀얀 쌀밥을 말아 푹 익은 깍두기를 곁들여 한 그릇 비우면 설렁탕이 부럽지 않다.

홍합 미역국(4인분)

건미역 20g, 홍합 1kg, 물 1L, 청주 15ml, 집간장 15ml, 다진 마늘 10g, 참기름 20ml

1. 홍합이 잠길 정도로 냄비에 물을 붓고 청주를 넣은 뒤 팔팔 끓인다. 홍합이 입을 벌리면 불에서 내려 살만 발라내고 체에 걸러 국물만 남겨둔다.
2. 냄비에 참기름을 두르고 불린 미역에 집간장을 넣고 볶는다. 홍합 삶은 물과 다진 마늘을 넣고 센 불에서 끓이다가 마지막에 삶은 홍합을 넣고 불에서 내린다. 부족한 간은 소금으로 간한다.

11月 23日

갑자기 기온이 뚝 떨어졌다. 늙은 호박 속을 파내고 꿀, 대추, 생강을 넣어 푹 달인 호박차 한잔이 생각난다. 식구가 둘이라 늙은 호박 하나 먹으려면 일주일 내내 호박 요리를 해야 할 것 같아서 좋기도 하지만 걱정도 되었다. 일단 호박죽부터 끓여보았다.

11月 24日

이웃집 담장에 모과나무가 노랗게 익어가기에 곧 모과차를 먹을 수 있겠구나 했었는데, 동네 시장에서는 벌써 모과가 주인공 역할을 하고 있다.

11月 25日

모과는 못생긴 모습에 놀라고, 깊은 향에 놀라고, 떫은맛에 한번 더 놀라게 한다. 한약재로 사용될 만큼 소화기관을 다스리는 데에도 탁월하다. 올해에는 만들어둔 과일청이 많아서 모과 청은 한 해 쉬기로 했다. 그래도 조금 아쉽다. 볕 잘드는 곳에 말려 두었다가 차로 달여 마셔야겠다.

11月 26日

늦가을, 모과 말리기.

11월 27일

새우가 제철일 때 회, 소금구이로 즐기다가 새우장까지 만들었다면, 이제 새우 오일을 만들 차례다. 새우 오일은 볶음밥, 리조또 등을 요리할 때 사용해도 풍미가 아주 좋다.

새우 오일 만들기

새우머리 300g, 샐러리 60g, 양파 1/2개, 당근 1/4개, 마늘 3개, 대파 흰 부분 10cm짜리 1개, 올리브 오일 300ml, 월계수잎 1장, 타임 2줄기

1. 밑이 두꺼운 냄비에 오일을 두르고 대파, 샐러리, 양파, 당근, 마늘, 새우 머리를 넣고 볶는다.
2. 새우 머리가 붉은색이 되면 월계수잎, 타임, 올리브 오일을 넣고 약불에서 10분 더 끓인 다음 불을 끄고 30분 정도 그대로 둔다.
3. 체에 걸러 소독한 유리병에 담는다.

새우 오일 파스타(1인분)

새우 오일 50ml, 스파게티 면 100g, 느타리버섯 100g, 새우 4개, 마늘 4개, 소금, 후추, 파메르산 치즈 약간

1. 마늘은 슬라이스 한다. 느타리버섯은 손으로 찢는다. 새우는 살을 바르고 스파게티 면은 삶는다.
2. 팬에 새우 오일 20ml를 먼저 두르고 마늘, 새우살, 느타리버섯을 넣고 볶는다.
3. 새우 살이 익으면 스파게티 면을 넣고 새우 오일 30ml 넣는다. 소금과 후추로 간한다. 먹기 전에 파르메산 치즈를 뿌린다.

11月 28日

겨울에는 역시 무 요리를 해야 한다. 일 년 내내 냉장고에서 떨어질 일 없는 깍두기도 겨울에 가장 맛있다. 시원한 단맛과 수분이 많아 특별한 양념이 없어도 설렁탕 집 깍두기가 되어준다. 단단한 무 열 개를 바퀴달린 장바구니에 넣어 돌돌 끌고 집으로 왔다. 겨울에 먹는 무는 인삼보다 좋다는데, 긴 겨울 든든하게 만들어줄 깍두기를 버무려야겠다.

11月 29日

무를 길게 8등분해서 큼직한 깍두기를 만들었다. 어릴 적 엄마가 만든 깍두기도 이렇게 큼지막했다. 젓가락에 푹 꽂아 한입씩 베어 먹곤 했었는데, 그게 익숙해졌는지 작은 깍두기는 조금 서운하다. 잘 익은 깍두기는 청국장 끓일 때 넣어도 아주 별미다.

11월 30일

연말 가족모임의 하이라이트는 뱅쇼 한잔씩 손에 들고 옹기종기 모여 앉아 서로의 한 해를 돌아보고 새해의 계획을 이야기하는 시간이었다. 오늘은 가까운 이웃사촌이 모여 조촐한 삼겹살 파티를 하는데 한잔씩 맛 볼 요량으로 한솥 끓였다. 따뜻한 뱅쇼 한잔에 올 한 해 묵은 피로가 모두 풀리기를.

뱅쇼(4인분)

레드 와인 1병, 귤 2개, 사과 1개, 배 1/2개, 레몬 1개, 정향 5개, 시나몬 스틱 2개

1. 귤, 사과, 배, 레몬은 슬라이스 한다.
2. 냄비에 모든 재료를 넣고 끓인다.

귤 대신 오렌지나 자몽을 넣어도 좋다. 달달한 맛을 원한다면 꿀, 설탕, 포도즙을 추가한다. 좀더 스파이시한 맛을 원할 경우 카다멈, 생강, 팔각을 넣는다.

12月 1日

올해도 한 달 밖에 남지 않았다. 목련꽃 마냥 방울방울 맺힌 유자꽃 핀 5월이 엊그제 같은데, 벌써 유자가 나오기 시작했다. 독보적인 매력의 향을 지닌 유자는 요리를 좋아한다면 지나칠 수 없는 과일이다. 올해는 욕심을 좀 부려 유자 두 박스를 샀다.

12月 2日

유자 청 만드는 게 이렇게 힘든 일인지 몰랐다. 남편이 모른 체 했으면 큰일 날 뻔 했다. 소독한 병에 채 썬 유자와 설탕을 차곡차곡 담고 나니 큰일 하나 마무리 한 듯 어깨가 으쓱하다. 소중한 분들께 연말 선물로 드리고 싶다.

12월 3일

무나물은 쉽고 간단하지만 부드럽고 담백해서 입맛 없을 때 반찬으로 먹는다. 먹고 나면 속도 편하다. 국물 없이 투명하게 볶을 수도 있지만, 나는 엄마가 해주던 국물이 자작한 무나물을 더 좋아한다.

무나물(4인분)

무 1kg, 마늘 10g, 소금 4g, 참기름 35ml, 집간장 10ml, 멸치 다시마 육수 적당량

멸치 다시마 육수: 물 800ml, 멸치 15g, 다시마 7×7cm 1장, 대파 흰 부분 10cm짜리 1개

---

1. 냄비에 멸치 다시마 육수 재료를 모두 넣고 육수를 끓인다. 무를 채 썰어 참기름과 소금을 넣고 볶는다.
2. 무가 숨이 죽고 수분이 나오기 시작하면 육수를 무가 잠길 정도로만 넣고 다진 마늘과 간장을 넣어 무가 투명해질 때까지 푹 익힌다.

참기름 대신 들기름을 사용해도 좋고, 육수 끓일 시간이 부족하면 쌀뜨물을 사용해도 구수한 맛이 난다. 마지막에 대파를 조금 썰어 넣어도 어울리고, 통깨를 손으로 비벼 올리면 고소한 향이 곁들여져 더욱 맛있는 무나물이 된다.

12月 4日

겨울 무가 맛있으니 무청도 훌륭하다. 무청은 끓는 물에 데치고 찬물에 헹궈 흙을 제거한다. 삶은 솥에 다시 물을 받아 하룻밤 재워둔다. 이렇게 하면 무청에서 나는 특유의 냄새와 쓴맛이 제거된다. 다음날 물기를 꼭 짜서 먹기 좋은 크기로 자르고 집된장에 버무린다. 30분 정도 재운 후 한번 먹을 분량으로 나누어 냉동 보관하면 오랫동안 무청 시래기를 먹을 수 있다. 엄마는 무청 시래기국에 제피를 넣었는데, 그것도 추천할만하다.

12月 5日

큰 냄비에 말린 모과와 생강, 대추를 넣어 끓였다. 말린 모과로 끓이면 모과 청보다 신맛과 떫은맛이 많이 올라오는데, 꿀을 조금 넣으면 편하게 즐길 수 있다.

12月 6日

경상도 지방에는 제사 음식으로 배추전을 올리는 집들이 있다. 그래서인지 나에게 배추전은 겨울만 되면 엄마와 함께 만들던 추억의 음식이다. 밀가루 반죽을 묽게 풀어 들기름 한 숟갈 넣고 섞는다. 칼등으로 배추 뿌리 부분을 두드린 배춧잎에 반죽을 묻혀 부치면 굽는 사람 먹는 사람 따로 없이 젓가락질이 바빠진다. 결혼하고 처음으로 시어머님께 해드린 음식도 떡볶이와 배추전인데, 아주 맛있게 드셨던 기억이 난다. 매운 떡볶이를 배추전에 싸먹는 것도 별미이니 꼭 한번 만들어보자.

12月 7日

아주버님이 빵을 만드는 날에는 부부가 함께 모여 축제 분위기가 된다. 우리 셋은 모두 빵 만들기를 좋아하고 사진 찍는 일이 생활이다. 그래서 어느 가족보다 추억 사진과 요리 사진이 많다. 전날부터 준비한 발효 반죽은 몇 번에 걸쳐 굽고, 남은 반죽으로는 즉석 피자를 만들었다. 사진을 찍고 피자와 맥주를 나눠먹으면 긴 겨울밤도 너무 짧은 것 같다.

12월 8일

연말 모임이나 파티 계획이 있다면 친구 여럿이 나눠먹을 수 있는 빵이나 파이 하나 만드는 것도 의미 있고 신나는 일이지 않을까?

초코 시나몬 빵(4-6인분)

반죽: 강력분 330g, 우유(또는 물) 160ml, 이스트 5g, 달걀 1개, 설탕 40g, 소금 2g, 버터 30g

필링: 설탕 70g, 시나몬 가루 7g, 초코칩 60g, 버터 약간

---

1. 반죽 재료 중 버터를 제외한 모든 재료를 넣고 반죽한다. 한 덩어리로 뭉쳐지면 버터를 넣고 반죽한다. 1시간 정도 1차 발효한다.
2. 반죽을 눌러 가스를 빼주고 둥글려서 비닐로 덮어 15분간 중간 발효한다.
3. 필링 재료 중 버터를 제외한 모든 재료를 섞는다.
4. 중간 발효가 끝난 ②의 반죽을 직사각형으로 밀어서 편다. 그 위에 버터를 약간 바르고 필링 재료를 골고루 뿌린다.
5. 반죽을 말아 끝부분을 꼬집어서 풀리지 않게 한다. 반으로 잘라 꽈배기 모양으로 꼰다. 팬에 팬닝하여 40분 정도 2차 발효한다.
6. 180도로 예열한 오븐에서 30분 정도 굽는다.

12월 9일

첫눈이 내리던 날 먹고 싶었던 삼치구이를 오늘에서야 했다.

삼치 오븐 구이(2인분)

삼치 1마리, 쌀뜨물 적당량, 유자 1/2개, 감자 1개, 샐러리 2개, 올리브 오일 30ml, 소금 2g, 후추 약간

1. 삼치는 쌀뜨물에 15분 정도 담가 비린내를 없애고 소금, 후추를 뿌려 밑간한다. 유자와 감자는 슬라이스 한다. 샐러리 1개는 작게 썰고, 나머지 하나는 듬성듬성하게 자른다.
2. 유자와 작게 썬 샐러리를 삼치 뱃속에 넣어 채운다.
3. 오븐 팬에 감자를 펴고 소금, 후추를 살짝 뿌린다. 중앙에 듬성듬성하게 자른 샐러리를 올린 후 그 위에 삼치를 얹는다. 올리브 오일을 전체적으로 뿌린다.
4. 250도로 예열한 오븐에서 25분 정도 굽는다.

12月 10日

어릴 때 엄마가 들깨죽을 한번씩 끓여주셨던 기억이 난다. 엄마는 들깨가 들어간 음식을 좋아하셨다. 좋은 꿀이 선물로 들어오면 들깨를 갈아 꿀에 재워 두셨다가 퇴근 후 지친 아빠에게 한 숟가락 드리고 우리 자매에게는 따뜻한 우유에 넣어 들깨차를 만들어주셨다. 꿀에 재운 들깨는 빵이나 크래커, 떡에 발라 먹어도 별미다. 갑자기 추워진 날씨에 몸살이 올 것 같을 때 들깨죽 한 그릇 먹으면 시골 할아버지들이 왜 보약으로 들깨탕을 드시는지 알게 된다. 결국 나도 이 맛을 알만한 나이가 된 것이다.

12月 11日

같은 음식이라도 어디에 어떻게 담겨 있는지에 따라 맛이 다르게 느껴진다. 그릇도 조미료 같은 거라고 생각하고 적재적소에 활용하면 음식의 맛과 질이 배가 되는 것이다. 애쓴 흔적이 남은 음식은 자꾸 들여다보게 되고 대접받는 기분은 오래 남는다.

1
2
月
1
2
日

여리고 감성적인 남편은 서양화를 전공한 사진가다. 예술가 집안에서 자라 많은 용기가 필요했을 테다. 예술가는 끊임없이 변화하고 그 변화는 시련과 고통을 동반한다. 그에 비해 무서운 게 없던 나는 그의 말만 믿고 사진 작업을 시작했다. 뭣 모르고 예술가의 아내가 된 것도 모자라 카메라까지 손에 들었다. 가족들도 걱정이 이만저만이 아니었을 것이다. 모든 게 남편의 순수함과 나의 용기가 해낸 일이다. 남편의 서정적이고 목가적인 정서는 늘 나의 시작이다.

12月 13日

팥죽같이 걸쭉한 핫초코를 좋아하는데, 우리 동네에는 팥죽은 있어도 걸쭉한 핫초코는 없다. 그래서 겨울만 되면 핫초코는 집에서 만들어 먹는 메뉴가 되었다. 달콤한 핫초코에 마시멜로까지 넣어 먹으니 해서는 안 될 일을 한 것 마냥 두근거리고 신난다.

핫초코(1인분): 다크 커버춰 80g, 코코아 가루 7g, 우유 300ml, 시나몬 가루 1g, 소금 약간

12月 14日

엄마 고향이 청도여서 어릴 때 씨 없는 홍시, 단감, 감식초만큼은 넘치도록 먹었다. 지천에 널려있을 때는 소중한 줄 모르다가 지금 와서야 아쉽고 귀하다. 단감은 그냥 먹어도 맛있고 구워먹어도 맛있다. 처치 곤란인 단감이 있으면 무말랭이 말리듯 꾸덕하게 말려보자. 말린 단감은 돼지고기 두루치기에 넣어 볶아도 꼬들하니 맛있고, 머핀이나 그래놀라 만들 때에도 요긴하게 쓰인다.

12月 15日

작업하다가 점심도 놓치고 세 시쯤 되어서야 유자차 한잔을 마셨다.
오후의 티타임은 배고픔도 잊고 깊은 대화에 이르게 한다.

12월 16일

고향이 경상도라면 된장국수를 한번쯤 먹어보았을 것이다. 실제로 대구에서 유명한 막창집에서는 식사 메뉴로 된장국수가 나온다. 어릴 적 시래기 된장찌개를 끓이고 삶은 소면을 넣어 먹는 건 우리 집 단골 야식 메뉴였다.

차돌박이 된장국수(1인분)

차돌박이 100g, 무 50g, 애호박 50g, 양파 50g, 표고버섯 2개, 대파 1/2개, 청양고추 1개, 홍고추 1개, 시래기 100g, 마늘 2개, 다시마 멸치 육수 600ml, 된장 20g, 고추장 7g, 고춧가루 4g, 소면 150g

1. 무, 호박, 버섯, 양파는 한입 크기로 썬다. 대파, 고추는 어슷썰기 한다.
2. 냄비에 육수, 된장, 고추장, 고춧가루, 준비한 채소를 모두 넣고 끓인다.
3. 소면은 미리 삶아 찬물에 헹구고 체에 밭쳐 물기를 뺀다.
4. 차돌박이, 소면을 넣고 한소끔 끓인다.

부추와 제피 가루, 후추를 곁들여도 좋다. 간이 부족하면 소금으로 간한다.

12月17日

시장에 나가보니 튼실한 연근이 눈에 들어왔다. 연근조림, 부침 다했는데도 남아서 연근차를 만들었다. 누굴 닮아 이리도 손이 큰 건지. 그러니까 더욱 부지런히 움직여야 한다.

연근차

---

1. 연근은 0.5cm 정도 두께로 썬다. 채반에 펼쳐 담아 볕 잘 들고 통풍 잘 되는 곳에 뒤집어가며 바싹 말린다.
2. 다 마르면 달군 팬에 연근을 넣어 살살 저어가며 덖는다. 이 과정을 2-3번 반복한 후 소독한 밀폐용기에 담아 보관한다.

뜨거운 물에 연근을 우려 차로 마시면, 겨울철 묵은 몸속 노폐물 배출에 도움이 된다. 꼭 한번 만들어보자.

12月18日

이맘때가 제철인 섬초는 가격도 저렴하고 씹을수록 달콤해서 페스토로 만들면 좋다. 섬초 페스토를 넉넉히 만들어 아주버님이 만드신 캄파뉴 한 덩어리와 물물교환했다. 구수한 빵 맛과 쫄깃한 버섯볶음. 달달한 섬초 페스토. 모두가 조화롭다.

섬초 페스토 버섯 샌드위치(3인분)

발효빵 6쪽, 양파 큰 것 1개, 표고버섯 120g, 느타리버섯 200g, 다진 마늘 5g, 발사믹 식초 80ml, 설탕 5g, 꿀 10ml, 레드 와인 15ml, 올리브 오일 45ml, 레몬즙 10ml, 슬라이스 치즈 3장, 소금 3g, 후추, 버터 약간

섬초 페스토: 섬초 5컵, 올리브 오일 100ml, 구운 캐슈넛 1/2컵, 소금 8g, 마늘 4개

---

1. 양파는 채 썬다. 표고버섯은 슬라이스 하고, 느타리버섯은 먹기 좋게 찢는다.
2. 팬에 올리브 오일 15ml를 두르고 소금 1g과 후추를 약간 넣은 뒤 노릇하게 볶는다. 다른 팬에 나머지 올리브 오일 30ml를 두르고 다진 마늘을 볶다가 버섯을 넣고 센 불에서 갈색이 될 때까지 굽는다.
3. 버섯이 노릇하게 구워지면 발사믹 식초, 설탕, 꿀, 레드 와인, 소금 2g, 후추, 레몬즙을 넣고 졸이듯 볶은 후 볶아 놓은 양파와 섞는다.
4. 페스토 재료를 모두 넣고 핸드 블렌더로 간다.
5. 빵에 페스토를 바르고 버섯볶음과 치즈를 얹는다. 버터를 녹인 팬에 치즈가 녹을 때까지 앞뒤로 뒤집으면서 굽는다.

12月 19日

얼마 전에 만들어놓은 유자 청을 넣어 새콤달콤한 쌈무를 만들었다. 쌈무는 노릇하게 구운 삼겹살이랑 먹어도 좋지만 김밥에 단무지 대신 넣어도 더욱 건강하게 먹을 수 있다.

12月 20日

내일은 일 년 중 밤이 가장 길고 낮이 가장 짧은 동짓날이다. 그래서 오늘은 남편과 함께 내일 먹을 동지 팥죽에 들어갈 새알을 만들었다.

12月 21日

너무 묽지도 되지도 않은 동지 팥죽.

12月 22日

돼지가 땅을 갈고 산양이 잡초를 뜯는, 사람보다 동물 일꾼이 더 많은 모루 농장. 농장 가족끼리 조금씩 나눠먹으려고 재배한 유기농 귤이 크리스마스 선물로 도착했다. 껍질이 아주 얇고 딱 붙어 있어 벗겨먹는 재미가 있다. 과육은 단단하고 속껍질도 연해서 버릴 게 하나도 없다. 도시에서는 찾아보기 힘든 못난 점박이 귤이다. 귀한 귤을 먹을 수 있어 감사하다.

12月 23日

제철 맞은 가리비는 담백하면서도 독특한 풍미가 있다. 올해 나의 마지막 촛불 의식까지 치러주는 기특한 재료다. 겨울철 캠핑의 별미인 가리비 구이도 지금이 최고다.

12月 24日

기적의 밤을 기다리는 크리스마스 이브 오후다.

12月 25日

가족과 함께 정성스러운 크리스마스 만찬을 준비했다. 각자 좋아하는 음식을 만들어오기로 했는데, 나는 로스트 치킨을 준비했다. 기다란 식탁 위로 하나둘 접시가 채워지고 창가에 촛불을 밝히니 온기로 가득한 하루가 되었다.

12月 26日

언제나 든든하고 속편한 사이. 아무것도 가로막지 않는 관계에는 건강한 웃음과 따스한 정이 물결처럼 흐른다.

12月 27日

한두 가지 재료만 넣고 뭉글하게 끓인 카레를 즐겨 먹는 편이다. 시금치 카레, 새우 카레, 토마토 가지 카레 등 단순한 카레가 좋다. 오늘 저녁은 돼지고기를 넣어 카레 우동을 만들었다. 겨울이 깊어 밥하기 싫고 이불 속으로 기어들어가고 싶은 날, 시판 우동 면만 있으면 간단하게 한 끼 먹을 수 있다.

카레 우동(2인분)

돼지고기 200g, 대파 2개, 양파 1개, 다진 마늘 13g, 고형 카레 3조각, 다시마 육수 600ml, 우동 면 2인분, 식용유, 다진 생강 약간

---

1. 돼지고기는 한입 크기로 잘라 소금, 후추, 다진 생강을 넣어 재워둔다. 대파는 어슷썰기 하고, 양파는 채 썬다.
2. 냄비에 식용유를 두르고 다진 마늘, 대파, 양파를 충분히 볶은 다음 돼지고기도 넣고 볶는다.
3. 다시마 육수, 고형 카레를 넣고 끓인다.
4. 우동 면을 끓는 물에 살짝 데쳐 그릇에 담고 카레를 붓는다. 튀긴 마늘을 곁들이면 더욱 풍미가 좋다.

12월 28일

겨울 무와 다양한 채소, 그리고 춘장이 어우러지면서 깔끔한 맛을 살린 볶음밥이다. 부드럽고 담백한 맛에 없던 입맛도 돌아온다.

겨울 무 짜장 볶음밥(3인분)

무 200g, 감자 1개, 양파 1개, 대파 1/2개, 당근 1/2개, 애호박 1/2개, 표고버섯 3개, 마늘 3개, 설탕 4g, 페퍼론치노 2개, 춘장 50ml, 참기름 15ml, 다시마 육수 100ml, 현미유 60ml, 고두밥 2공기, 달걀 2개

1. 마늘과 대파는 다지고 나머지 모든 채소는 깍둑썰기 한다.
2. 깊고 넓은 팬에 현미유 30ml를 두르고 마늘, 대파, 페퍼론치노를 먼저 볶는다. 마늘 향이 올라오면 모든 채소를 넣고 충분히 볶는다. 채소에서 수분이 나와 촉촉해지면 수분을 날린다는 느낌으로 조금 더 볶는다.
3. 채소를 팬 한쪽으로 밀어놓고 남은 자리에 춘장과 설탕, 나머지 현미유 30ml를 넣고 2분 정도 춘장을 볶은 후 채소와 섞어서 조금 더 볶는다.
4. 다시마 육수를 넣고 졸이다가 고두밥을 넣고 볶는다.
5. 참기름을 두른다. 간이 부족하면 소금, 후추로 간한다. 접시에 담고 달걀 프라이를 올린다.

12月 29日

올 한 해 누구보다 고생한 남편을 위해 정성껏 삼겹살을 구웠다. 남편이 좋아하는 견과류를 넣은 쌈장과 쌈 채소로 풍성하게 식탁을 채웠다. 봄, 여름, 가을, 겨울… 작업에만 빠져 있던 나를 늘 옆에서 지켜봐준 남편에게 고마움을 전한다.

12月 30日

작업실에 가는 날에는 될 수 있으면 도시락을 싸려고 노력한다. 사 먹는 것도 좋지만 도시락 메뉴에 대한 로망이 크다. 아마 엄마표 도시락의 좋은 추억이 남아 있기 때문일 테다. 빨간 어묵볶음에 붉게 물든 쌀밥, 달달한 멸치볶음, 정구지 김치 등 엄마의 도시락 반찬들은 학창 시절 내 마음을 포근하게 감싸주었다.

12月 31日

나같이 평범한 사람이 책을 낸다. 얼마나 뜻 깊은 일인지 모른다. 처음 하는 일이었고 많은 두려움이 있었지만, 있는 그대로의 모습을 기록하자는 마음으로 달려왔다. 부족한 글이지만, 단 한 분의 마음이라도 움직일 수 있다면 더할 나위 없이 행복할 것이다. 원고를 끝낸 오늘밤, 깊고 긴 잠에 빠져들게 될 것 같다.

365일 음식 달력 &

제철 재료와 음식 인덱스

1월

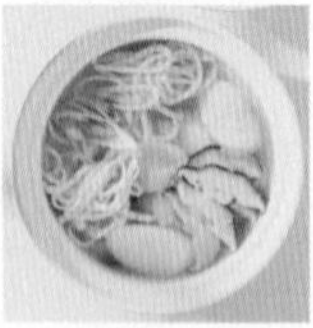

1日

2日

3日

8日

9日

10日

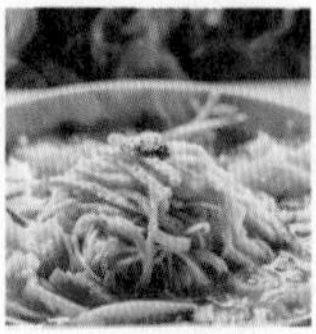

11日

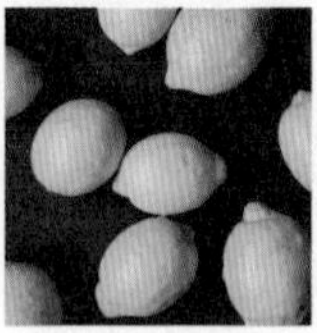

16日

17日

18日

19日

24日

25日

26日

27日

4日

5日

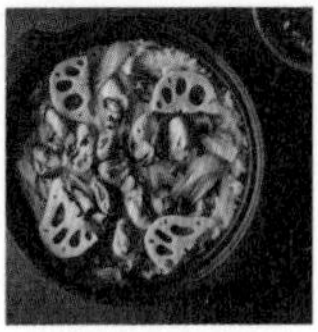

6日

7日

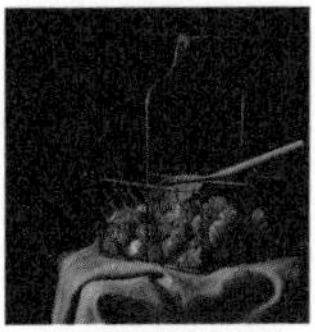

12日

13日

14日

15日

20日

21日

22日

23日

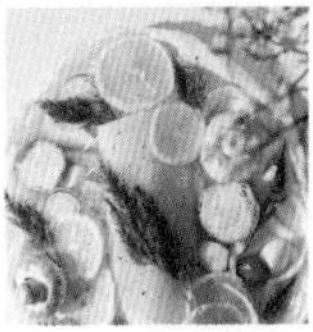

28日

29日

30日

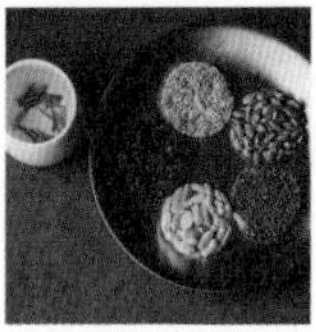

31日

2月

1日

2日

3日

8日

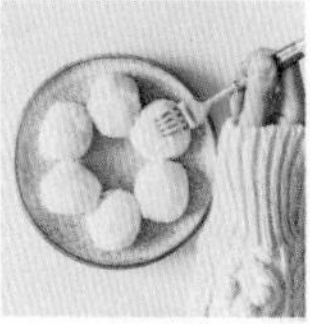

9日

10日

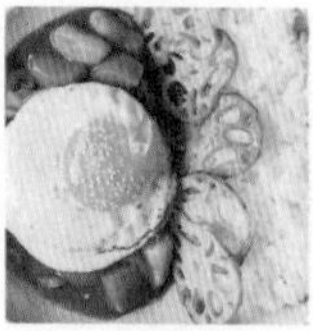

11日

16日

17日

18日

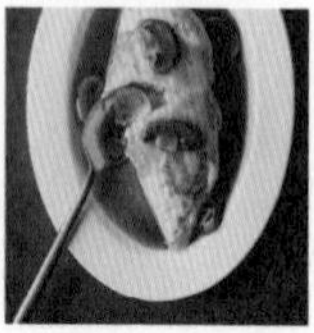

19日

24日

25日

26日

27日

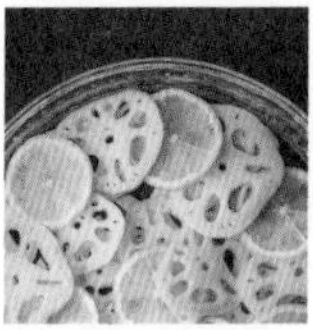

4日

5日

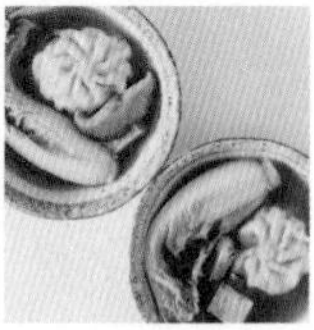

6日

7日

12日

13日

14日

15日

20日

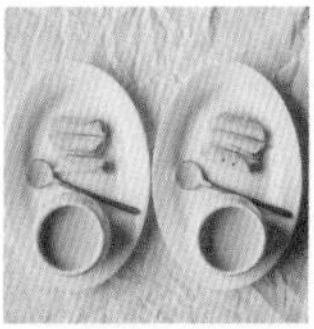

21日

22日

23日

28日

3월

1日

2日

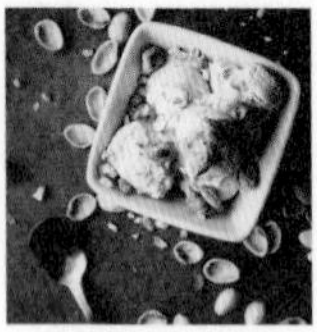

3日

8日

9日

10日

11日

16日

17日

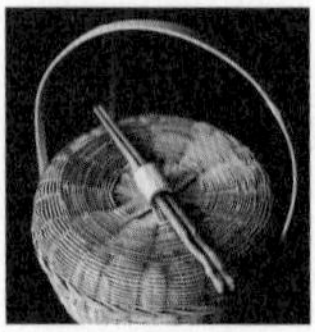

18日

19日

24日

25日

26日

27日

4日

5日

6日

7日

12日

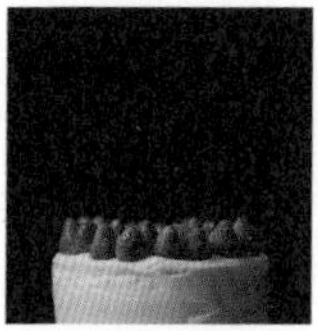

13日

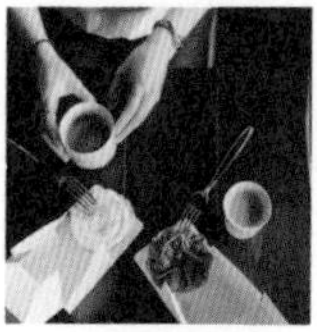

14日

15日

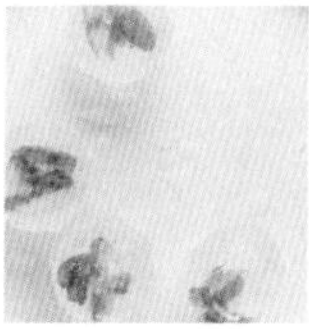

20日

21日

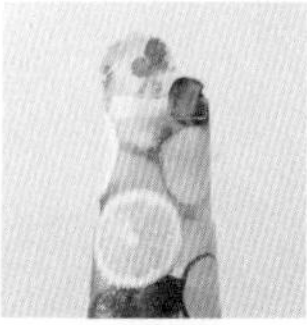

22日

23日

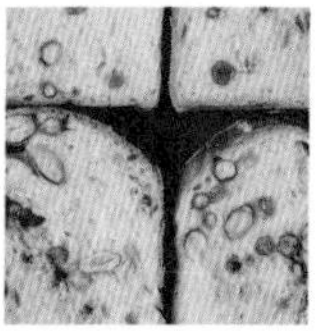

28日

29日

30日

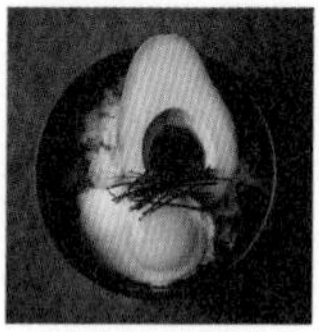

31日

4月

1日

2日

3日

8日

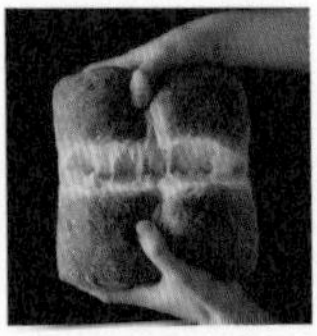

9日

10日

11日

16日

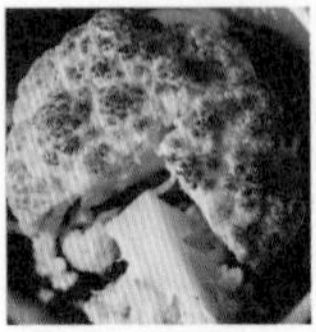

17日

18日

19日

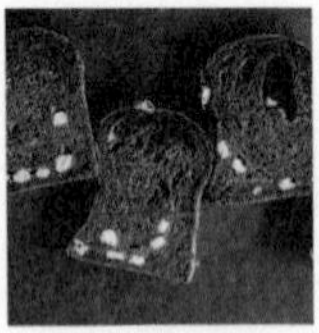

24日

25日

26日

27日

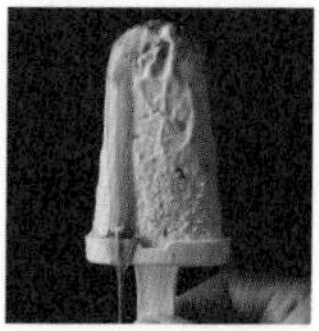

4日

5日

6日

7日

12日

13日

14日

15日

20日

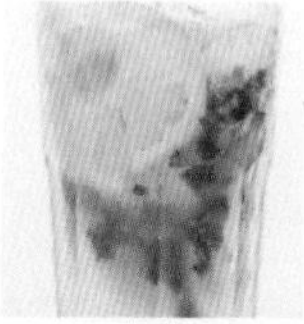

21日

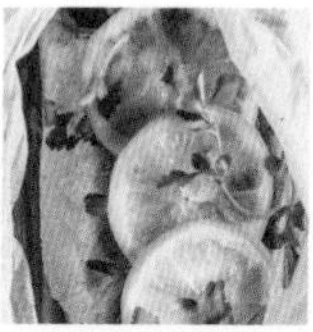

22日

23日

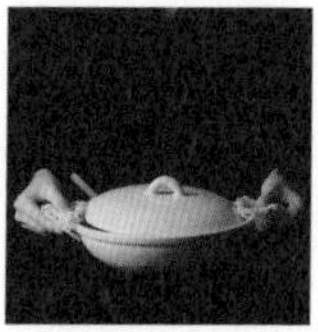

28日

29日

30日

5
月

1日

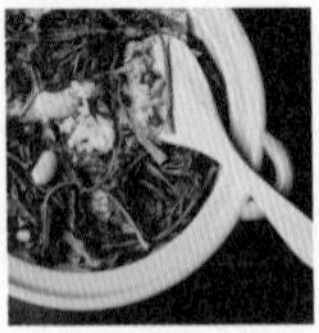
2日

3日

8日

9日

10日

11日

16日

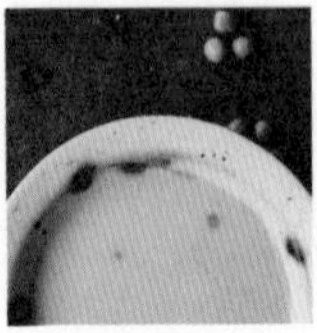
17日

18日

19日

24日

25日

26日

27日

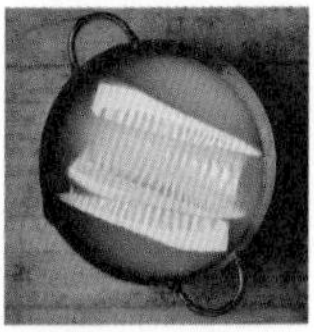

4日

5日

6日

7日

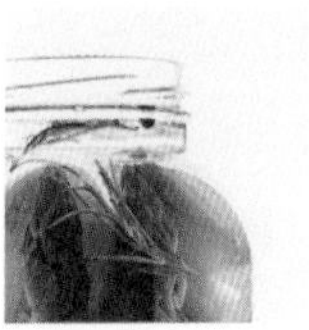

12日

13日

14日

15日

20日

21日

22日

23日

28日

29日

30日

31日

6月

1日

2日

3日

8日

9日

10日

11日

16日

17日

18日

19日

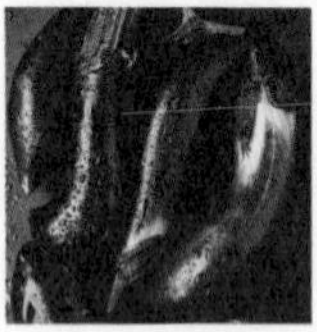

24日

25日

26日

27日

4日

5日

6日

7日

12日

13日

14日

15日

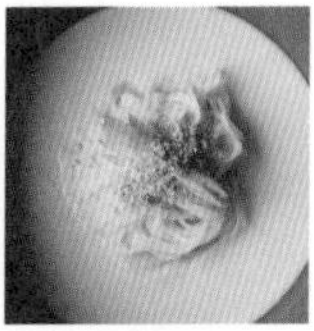

20日

21日

22日

23日

28日

29日

30日

7月

1日

2日

3日

8日

9日

10日

11日

16日

17日

18日

19日

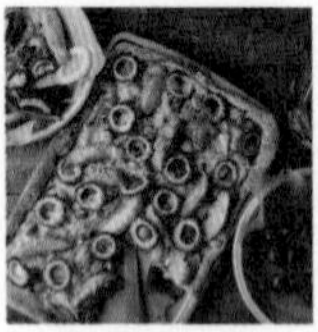

24日

25日

26日

27日

4日

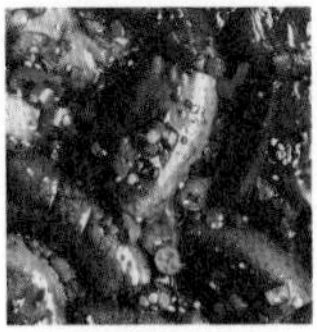

5日

6日

7日

12日

13日

14日

15日

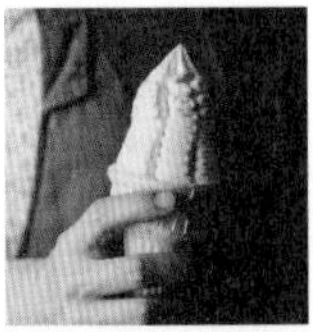

20日

21日

22日

23日

28日

29日

30日

31日

8月

1日

2日

3日

8日

9日

10日

11日

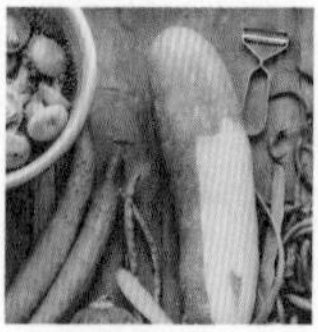

16日

17日

18日

19日

24日

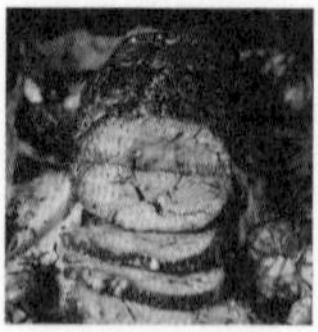

25日

26日

27日

4日

5日

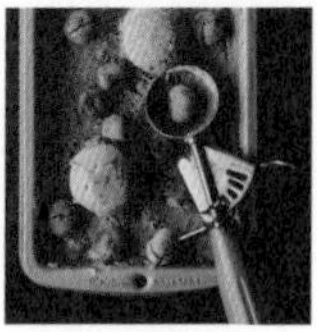

6日

7日

12日

13日

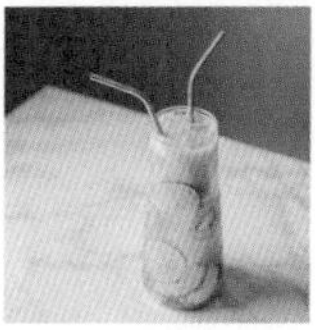

14日

15日

20日

21日

22日

23日

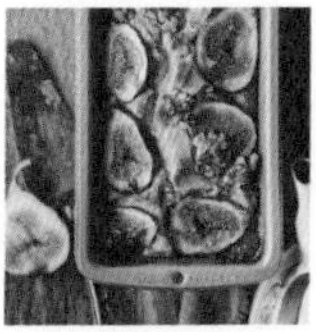

28日

29日

30日

31日

9월

1일

2일

3일

8일

9일

10일

11일

16일

17일

18일

19일

24일

25일

26일

27일

4日

5日

6日

7日

12日

13日

14日

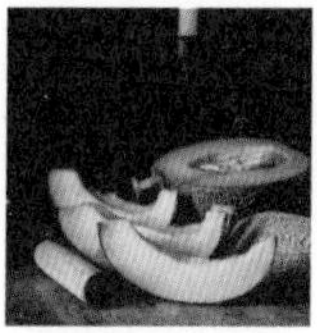

15日

20日

21日

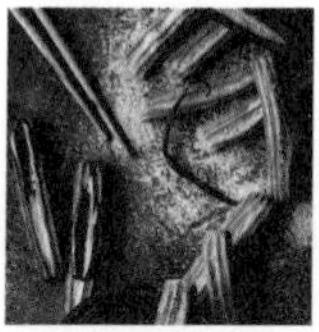

22日

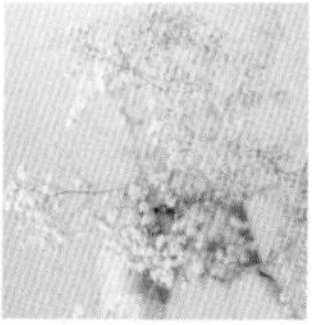

23日

28日

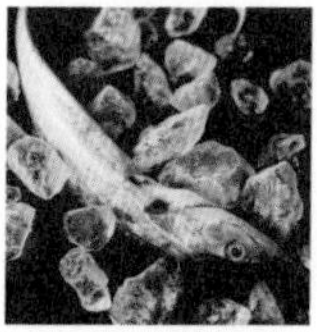

29日

30日

10月

1日

2日

3日

8日

9日

10日

11日

16日

17日

18日

19日

24日

25日

26日

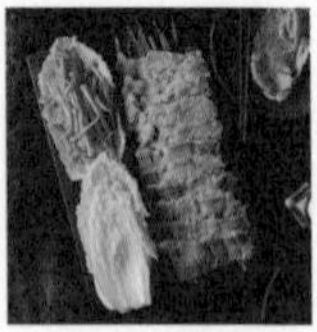
27日

4日

5日

6日

7日

12日

13日

14日

15日

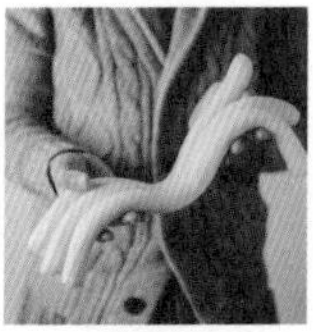
20日

21日

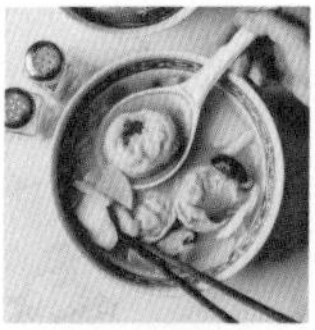
22日

23日

28日

29日

30日

31日

11月

1日

2日

3日

8日

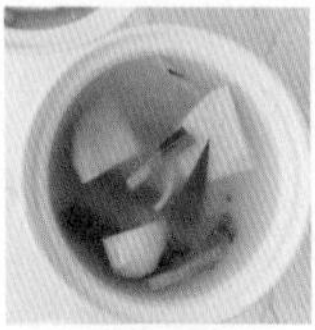

9日

10日

11日

16日

17日

18日

19日

24日

25日

26日

27日

4日

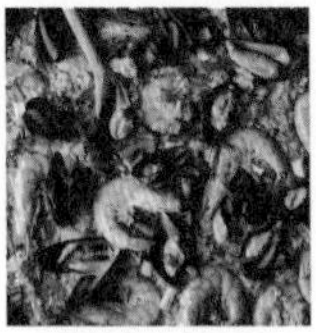

5日

6日

7日

12日

13日

14日

15日

20日

21日

22日

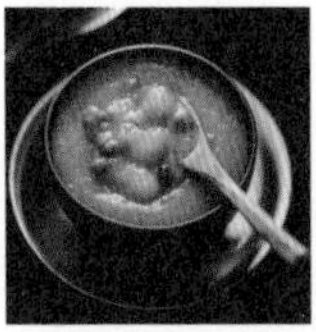

23日

28日

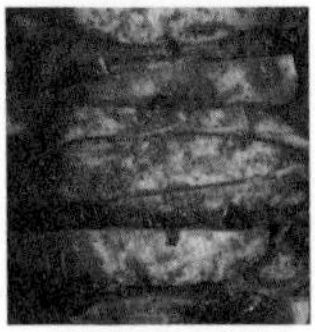

29日

30日

12月

1日

2日

3日

8日

9日

10日

11日

16日

17日

18日

19日

24日

25日

26日

27日

4日

5日

6日

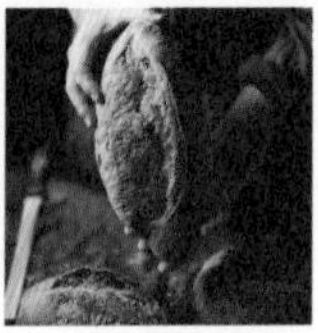

7日

12日

13日

14日

15日

20日

21日

22日

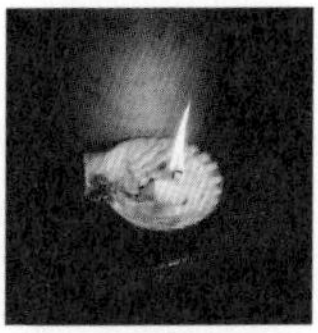

23日

28日

29日

30日

31日

제철 재료와 음식

※레시피가 포함된 메뉴는 굵은 글씨로 표기

1월의 제철 재료와 음식

1/1 떡국

1/3 부산 어묵탕

1/5 에그 베네딕트

1/6 굴 뚝배기 밥

1/8 꼬막

1/11 멸치 국수

1/12 딸기

1/14 매생이 달걀말이

1/16 레몬 청

1/17 옛날 과자

1/18 오미자 청

1/19 고구마 수프

1/20 들깨와 잔멸치를 넣은 구운 주먹밥, 달걀 아보카도 오븐 구이, 쑥갓 두부무침, 제피장아찌

1/22 자색 고구마 수프

1/23 프리타타

1/26 만두소

1/27 캐슈넛 마요네즈

1/28 대구 필레 오븐 구이

1/27 적양배추 샐러드, **캐슈 마요네즈**

1/30 제주 레몬 청

1/31 강정

2월의 제철 재료와 음식

2/1 커피

2/3 채소 피클

2/4 연근 레몬 절임

2/5 라면

2/6 얼갈이배추를 넣은 된장 만둣국

2/8 자몽

2/9 찹쌀떡

2/10 카레

2/11 카레

2/12 호밀빵

2/13 마늘 콩피

2/14 생강차

2/16 유채 오렌지 샐러드

2/17 식혜

2/18 시금치와 달걀 프라이를 올린 돼지고기 덮밥

2/19 오므라이스

2/20 자색 고구마 밤 양갱

2/21 녹차 라테, 생강 맛 과자

2/22 바지락과 감자, 시금치를 넣은 미소 된장국

2/23 채소 오븐 구이 샌드위치

2/24 찐빵

2/26 금귤 정과

2/27 구운 채소 치아바타 샌드위치

2/28 뚝배기 밥

3월의 제철 재료와 음식

3/2 방울 다다기 양배추

3/3 바닐라 아이스크림, 피스타치오, 밤꿀

3/4 통오징어 샐러드

3/5 샐러리 장아찌

3/6 녹차 호떡

3/7 카레 소스를 바른 가지 피자

3/8 크로켓

3/10 김밥

3/11 월병

3/13 딸기 생크림 케이크

3/15 모시조개 국수와 양파링 튀김

3/16 조개 술찜

3/17 버터를 올린 토스트

3/19 쑥갓 돼지고기 볶음

3/20 민트 얼음

3/21 생선구이 밥상

3/22 딸기 에이드

3/23 파인애플 화채

3/24 복분자 막걸리와 딸기 안주

3/25 제주 차꽃 홍차
3/26 당절임 콩
3/27 탕종을 이용한 콩빵
3/28 콩빵, 두유
3/31 아보카도 달걀 간장밥

4월의 제철 재료와 음식
4/3 피자
4/4 소프트 아이스크림
4/6 참치 마요네즈 루꼴라 김밥
4/9 식빵
4/10 블루베리 요거트
4/11 달콤한 도넛
4/12 풋마늘
4/13 풋마늘 족발 샌드위치
4/14 사각 유부초밥과 아보카도
4/15 검은깨 우유
4/16 폴라포 아이스크림
4/17 콜리플라워 오븐 구이
4/18 청보리
4/19 황돔
4/21 레몬 청 에이드
4/22 아스파라거스, 양파, 미나리, 백조기
4/23 쉰다리
4/24 오징어 먹물과 치즈가 들어간 천연발효빵
4/25 메밀국수
4/30 빵과 진한 커피

5월의 제철 재료와 음식
5/1 라테
5/2 엄나무 순 뚝배기 밥
5/3 아스파라거스
5/4 죽순
5/5 아스파라거스, 수란, 그린 올리브
5/6 당절임 완두콩
5/7 딸기, 콜리플라워, 방울토마토를 곁들인 아스파라거스 샐러드, 레몬 두유 마요네즈
5/8 미니 당근
5/9 햇마늘 표고버섯 밥
5/10 대합탕
5/11 딸기 셰이크
5/12 아스파라거스 피클
5/13 취나물 페스토 파스타
5/14 과일 디저트
5/15 홍차 밀크 잼
5/16 생강 초절임
5/17 완두콩 수프
5/18 보리 케이크
5/19 볶은 채소를 얹은 통밀빵
5/20 애플 수박
5/21 취나물 페스토 아스파라거스 샐러드
5/24 머랭 쿠키
5/25 토마토 살사
5/26 오디 잼
5/29 비트 레몬 절임
5/30 메밀국수 샐러드
5/31 포카치아

6월의 제철 재료와 음식
6/1 살구
6/3 자색 무
6/4 살구 갈레트
6/5 산딸기
6/6 산딸기 얼음
6/7 어묵우동
6/8 아이스 패션 티
6/9 마늘종
6/11 비빔국수
6/13 블루베리
6/15 베리 토스트
6/16 수박
6/17 여름채소 키쉬
6/18 블루베리 녹차 머핀
6/19 생크림을 얹은 녹차 머핀
6/20 콩국수
6/21 체리
6/22 천도복숭아
6/23 찹쌀 단팥도넛
6/24 가지
6/28 오징어 해물파전
6/29 천도복숭아 잼
6/30 오징어 간장볶음

7월의 제철 재료와 음식
7/1 자두
7/2 자두 레몬 주스
7/3 와플
7/4 팥빙수

10/20 가래떡

10/21 떡볶이

10/22 황태 떡만둣국

10/23 베이글, 수프

10/24 생강 청

10/25 땅콩 잼

10/26 생강대

10/27 돼지고기 수육

10/28 귤

10/29 가을 햇밤

10/30 귤껍질

10/31 귤 잼

11월의 제철 재료와 음식

11/1 배

11/2 생강차

11/3 브로콜리 된장 샐러드

11/4 홍합

11/5 해물 파에야

11/6 대봉

11/7 초콜릿

11/8 콩나물밥

11/9 강화 순무 물김치

11/10 호박

11/11 버섯 들깨탕

11/12 봉골레, 쪽파

11/15 곶감 쌈

11/16 호박을 넣은 치킨 카레

11/17 땅콩

11/18 석류

11/20 녹차

11/21 동태찌개

11/22 홍합 미역국

11/23 호박죽

11/24 모과

11/26 말린 모과

11/27 새우 오일 파스타

11/28 무

11/29 깍두기

11/30 뱅쇼

12월의 제철 재료와 음식

12/1 유자

12/2 유자 청

12/3 무나물

12/4 무청 된장찌개

12/5 모과차

12/6 배추전

12/7 빵

12/8 초코 시나몬 빵

12/9 삼치 오븐 구이

12/10 들깨 새알죽

12/13 핫초코

12/14 단감

12/15 유자차

12/16 차돌박이 된장국수

12/17 연근차

12/18 섬초 페스토 버섯 샌드위치

12/19 유자 청을 넣은 쌈무

12/20 새알

12/21 동지 팥죽

12/22 점박이 귤

12/23 가리비

12/25 로스트 치킨

12/27 카레 우동

12/28 겨울 무 짜장 볶음밥

12/29 삼겹살

12/30 작업실 도시락

365일 음식일기

| **초판 1쇄 인쇄** 2017년 3월 24일
| **초판 1쇄 발행** 2017년 4월 5일

| **글** 김연미
| **사진** 김연미 박태영

| **기획 및 책임편집** 고미영 | **편집** 이현화 강소이 | **디자인** 김마리
| **마케팅** 방미연 한민아 함유지 | **홍보** 김희숙 김상만 이천희
| **제작** 강신은 김동욱 임현식 | **제작처** 영신사

| **펴낸이** 고미영
| **펴낸곳** (주)이봄
| **출판등록** 2014년 7월 6일 제406-2014-000064호
| **주소** 10881 경기도 파주시 회동길 210
| **전자우편** yibom01@gmail.com | **팩스** 031-955-8855
| **문의전화** 031-955-8862(마케팅) 031-955-1909(편집)

ISBN 979-11-86195-94-9 03810

- 이 도서의 국립중앙도서관 출판시도서목록(CIP)은 서지정보유통지원시스템 홈페이지(http://seoji.nl.go.kr)와 국가자료공동목록시스템(http://www.nl.go.kr/kolisnet)에서 이용하실 수 있습니다. (CIP제어번호: CIP2017007233)

springtenten yibom_publishers